SUSAN MEIER

Ce patron si secret

Traduction française de
MARGUERITE GUILLEMET

AZUR

HARLEQUIN

Collection : Azur

Titre original :
HIRED BY THE UNEXPECTED BILLIONAIRE

HARPERCOLLINS FRANCE
83-85, boulevard Vincent-Auriol, 75646 PARIS CEDEX 13
Service Lectrices — Tél. : 01 45 82 47 47 - www.harlequin.fr
ISBN 978-2-2804-5293-9 — ISSN 0993-4448

Composé et édité par HarperCollins France. Achevé d'imprimer en juillet 2021.
par CPI Black Print - Barcelone - Espagne
Dépôt légal : août 2021.

MIXTE
Papier issu de sources responsables
FSC® C159065

Pour limiter l'empreinte environnementale de ses livres, HarperCollins France s'engage à n'utiliser que du papier fabriqué à partir de bois provenant de forêts gérées durablement et de manière responsable.

1.

C'est étrange, les secrets. Elle avait réussi à laisser le passé derrière elle, à se reconstruire, à vivre heureuse, en quelque sorte… Et pourtant, lorsqu'un souvenir resurgissait, son sang se glaçait invariablement dans ses veines.

Elle connaissait cet endroit.

Au cœur de Manhattan, Marnie Olsen entra lentement dans l'immense building, le cœur battant la chamade. À droite, des rampes de métal poli suivaient les lignes épurées de l'escalier. D'élégants cylindres d'argent pendaient du plafond et illuminaient le hall. À gauche, une brasserie chic exhalait l'odeur riche et sombre du café noir. Un portier en pull anthracite, chemise blanche et cravate rouge attendait derrière son bureau étincelant. Le mois de juillet venait de commencer, mais le bâtiment était frileusement climatisé ; sans doute pour permettre au portier, entre autres, de garder ses manches longues.

Elle inspira profondément. Elle n'avait rien à craindre. Dix ans avaient passé. Le père de Roger Martin ne travaillait plus ici ; et si c'était le cas, il ne l'aurait jamais reconnue. Roger n'habitait peut-être même plus New York. Elle ne croiserait aucun spectre, aujourd'hui : son entretien ne durerait qu'une heure, tout au plus. Ébranlée, mais déterminée, elle traversa le hall jusqu'à la réception.

— Bonjour. Je m'appelle Marnie Olsen. J'ai rendez-vous avec M. Manelli, au cabinet d'avocats Waters, Waters et Montgomery ? Il m'a dit que vous sauriez me donner le code de leur ascenseur privé.

Le portier fronça les sourcils et contourna son bureau.

— *Je* vais entrer le code et actionner l'ascenseur.

— Très bien, dit-elle avec un sourire.

Mais sa confiance en elle vacilla. D'après Danny Manelli, le code changeait toutes les heures ; le portier aurait pu lui donner la combinaison actuelle sans mettre en danger la sécurité des bureaux. Mais non, un regard à son blazer et ses chaussures élimées avait suffi. Il voyait une femme pauvre, venue décrocher un poste trop sophistiqué pour elle.

Son visage s'enflamma. Elle n'avait pas toujours été pauvre. Elle était la fille d'Eddie Gouse, un magnat de l'immobilier new-yorkais. Mais, quand elle avait douze ans, son père était parti avec son frère. Il avait laissé sa mère sans un sou. C'était là, en réalité, que commençait son secret.

Le portier tapa le code sur le pavé numérique et lui jeta un dernier regard méprisant avant de la quitter.

Dans l'ascenseur, elle inspira profondément. Elle avait longtemps cru que sa vie était terminée avant d'avoir commencé ; qu'elle ne passerait jamais la vérification des antécédents, et ne décrocherait jamais d'emploi stable. Puis, elle avait découvert la garde d'enfants. L'agence avait évidemment demandé des explications. Elle ne leur avait rien caché, et après leur enquête, ils avaient approuvé sa candidature, rangé son dossier, accepté de l'engager. Tant qu'elle travaillerait pour eux, personne ne chercherait à remuer le passé. Son secret resterait sagement enterré. Et elle avait un travail agréable et stable, qui lui permettrait un jour de mener une existence tout aussi agréable, tout aussi stable.

Tout irait bien.

Avant que l'ascenseur privé ne soit arrivé à destination, elle avait lissé son blazer et collé sur son visage un sourire aussi détendu que possible. Les portes coulissèrent sur une grande pièce aérée où trônait un bureau de bois sombre… derrière lequel l'attendait un chiot, assis dans le fauteuil.

— Oh ! monsieur Manelli, vous êtes bien plus mignon que je ne m'y attendais, plaisanta-t-elle à voix haute.

— Merci beaucoup.

La voix masculine, à sa gauche, la fit sursauter. Oh oh. Prise la main dans le sac. Elle pressa une main sur son cœur, sans trop savoir si elle devait rire ou rougir de la situation. Parler avec un chien pendant la première minute de son entretien ? Génial.

— Monsieur Manelli ? s'enquit-elle en pivotant vers le nouveau venu, la main tendue.

Mais lorsqu'elle leva les yeux pour trouver les siens, son cœur trébucha. Grand et mince, des cheveux bruns coupés avec goût et des yeux intensément sombres… Il était à la fois terriblement élégant et terriblement sexy. Un homme dont les traits seraient plus fascinants encore dans la lueur tamisée des bougies, à demi nu, un verre de vin raffiné à la main, passé maître dans l'art de la sensualité…

Quoi ? D'où lui venaient des bêtises pareilles ?

— C'est moi. Et vous devez être Marnie Olsen, mon entretien de 14 heures ?

Il lui serra la main, vif et efficace, avant de contourner son bureau. Il souleva le chiot dans ses bras.

— Oswald, nous en avons déjà discuté. Il faut que tu passes le barreau avant de pouvoir éditer mes documents.

Elle ne put retenir un petit rire surpris. Le chien se tortilla dans ses bras puis entreprit ensuite de lécher le beau visage de M. Manelli avec un enthousiasme énamouré, la queue en émoi. Il ne savait pas trop quoi faire de ses pattes potelées et les agitait dans tous les sens. Marnie pressa sa paume contre ses lèvres. Irrésistibles, ils étaient irrésistibles. Le sublime avocat et le chiot frétillant. Sauf peut-être…

Oswald ? Non, non, le nom n'allait pas.

— Ce jeune homme n'a pas la tête d'un Oswald.

Danny Manelli fronça les sourcils, visiblement piqué. Il avait choisi le prénom, de toute évidence.

— Pardon ?

— Je dirais plutôt Canaille…, continua-t-elle en marchant vers le chiot.

Les oreilles à l'affût, Canaille agita la queue. Il avait posé ses pattes pataudes sur les bras de Danny. D'après leur taille déjà conséquente et son petit museau caractéristique, Oswald/ Canaille était un labrador blond.

— Tu es plutôt un Canaille, pas vrai, trésor ?

Elle attrapa la petite boule de poil et le chiot la récompensa d'une volée de baisers très, très humides.

— Oh oh, je vois que tu ne vas pas à l'école de dressage.

— J'avais un chien quand j'étais petit, et il n'a jamais été à l'école de dressage.

— Où habitez-vous ?

— Dans le Nord.

Elle grimaça.

— Vivre à la campagne, ce n'est pas pareil que Park Avenue. Vous allez promener Canaille avec votre petit garçon, n'est-ce pas ? Mais Canaille est très joueur, vous voyez, dit-elle alors que le chien se trémoussait dans ses bras. Il va essayer d'accoster les autres chiens et les inconnus. Et ce ne sera pas toujours bien reçu.

— Je croyais que vous étiez nounou ?

— Oui ?

— Pas une experte canine, ajouta-t-il, circonspect.

Un frisson de nervosité la parcourut. Danny Manelli proposait un poste permanent, payé le triple de ce qu'elle gagnait normalement. Elle ne pouvait pas gâcher cette opportunité pour une remarque en l'air.

— Les familles pour lesquelles j'ai travaillé avaient souvent des chiens. Je m'y connais un peu.

— Vous sauriez l'éduquer, alors ?

La peur vibrait encore dans ses veines. Pourquoi était-elle si mal à l'aise avec les inconnus ? Roger Martin avait laissé des traces. Elle mourait d'envie de baisser les yeux, de se répandre en excuses pour son impertinence... Néanmoins, elle lutta contre tous ses instincts et soutint dignement le regard de Danny Manelli. C'était la position de ses rêves. Après plusieurs mois de missions éphémères, elle pouvait enfin prétendre à un poste fixe. Travailler avec le même enfant pendant des années. Apprendre à les connaître, lui et sa famille. Faire des économies, aussi. Elle était si proche du but… Elle ne pouvait pas laisser une telle aubaine lui glisser entre les doigts.

— Il faudrait un professionnel, monsieur Manelli.

— Vous voulez que j'engage un dresseur pour mon chien ?

— Ou vous pouvez l'inscrire dans un centre de dressage. Il y a des établissements excellents à Manhattan. Je peux vous compiler une liste.

— Ce serait avec plaisir.

Elle retint de justesse un soupir de soulagement. Ses muscles se dénouèrent légèrement. Pendant quelques secondes, ni l'un ni l'autre ne reprit la parole. Danny Manelli scrutait son visage avec intérêt – que cherchait-il à lire sur ses traits ? Elle lui rendit son regard sans jugement et sans impatience. S'il s'inquiétait de ses intentions, elle tenait à lui montrer son honnêteté.

Danny reprit doucement le chiot, puis lui indiqua un siège.

— Asseyez-vous, je vous en prie. Pardonnez-moi pour ces présentations un peu originales. Depuis quelques mois, ma vie est un peu chamboulée.

— Découvrir que vous avez un fils de deux ans… Oui, j'imagine que les circonstances sont difficiles.

— C'est plus compliqué que cela.

Il déposa le chien dans son panier, à ses pieds, et lui tendit un jouet en caoutchouc.

— Je vous dois une explication. Vous devez savoir à quoi vous attendre si vous travaillez pour moi.

— Je vous écoute.

— J'ai appris très récemment que j'avais été adopté. Mon père biologique veut faire partie de ma vie. Mais j'ai aussi des parents adoptifs. Ils m'ont élevé, et la place que mon père biologique veut usurper leur revient de droit.

— Ce doit être… inconfortable.

— C'est un euphémisme, railla-t-il en secouant la tête. Et mon père biologique… est Mark Hinton.

— Mark Hinton ? répéta-t-elle, bouche bée. Le milliardaire qui a simulé sa mort ?

— Exactement. Enfin, en l'occurrence, il prétend qu'il n'a *pas* simulé sa mort. Il aurait fait naufrage puis n'aurait pas eu accès à Internet pendant des mois. Selon lui, il ne savait même pas que le monde entier le croyait mort.

— C'est… peu crédible.

— Et ce n'est que le début. Mark Hinton est une vraie tornade. Il ne laisse que des dégâts dans son sillage. Sachez que lui et sa famille, dont moi, ne nous déplaçons qu'avec une armée de gardes du corps. Et comme Mark est ridicule et indiscret, il a aussi fouillé dans ma vie privée, avant même que je ne le connaisse. C'est lui qui a découvert mon fils. Il a ensuite décidé que c'était une très bonne raison de bouleverser l'existence de huit personnes.

Elle ne savait pas quoi dire. Elle avait travaillé à domicile pour plusieurs familles. Elle connaissait leurs problèmes intimement, mais restait toujours à la marge, un parti neutre et silencieux. Cependant, aujourd'hui, elle était en entretien, et s'il lui avait parlé du fameux Mark Hinton… il attendait sans aucun doute une réaction.

Que dire ? Sa mère était une alcoolique en rémission. Des années plus tôt, son père, un grand manitou tyrannique, avait plié bagage quand les vices de sa femme étaient devenus trop humiliants en société. Il avait voulu emmener Marnie avec lui et son frère, mais elle avait insisté pour rester, incapable d'abandonner sa mère, de peur qu'elle ne se laisse mourir. Le lendemain, quand sa mère avait repris conscience, encore ivre, et qu'elle n'avait pas réussi à contacter son père, elle s'était… brisée. Elle avait cherché une réunion des Alcooliques Anonymes et était restée sobre depuis.

Mais son père n'était jamais revenu. Il avait refusé de revoir Marnie, ou de la laisser rendre visite à son frère. Il considérait qu'elle l'avait trahi en choisissant sa mère.

Elle s'éclaircit la gorge.

— Oui, je m'y connais un peu en… problèmes parentaux.

— Ce n'est pas un problème. C'est un homme si privilégié

qu'il pense avoir le droit de contrôler la vie d'autrui. Et vous aurez affaire à lui, sachez-le.

— Ne vous inquiétez pas, dit-elle en riant. Je sais gérer les grands-parents difficiles. Et puis, c'est l'avantage d'être nourrice : je peux me cacher derrière mes devoirs. Partir me balader avec l'enfant, jouer avec lui dans sa chambre. L'adulte comprend subtilement qu'il perd du temps de visite s'il va trop loin. C'est une bonne tactique pour tuer le conflit dans l'œuf.

Danny sourit – pour la première fois, un vrai sourire. Son visage se métamorphosa. Les lignes sévères de son front et de sa bouche s'assouplirent, soudain chaleureuses.

— Ce serait parfait.

Son cœur rata un battement. Un éclair de pure attraction la traversa, absolument inattendue. Elle avait eu quelques copains à l'université, mais elle n'avait pas ressenti une réaction si naturelle, si instinctive depuis très longtemps. Le goût de l'impossible. Le goût du désir.

Désirer quelqu'un qu'elle ne pouvait pas avoir.

À quoi songeait-elle ? Sa sécurité financière était en jeu. Danny Manelli voulait engager une nourrice à domicile, nourrie et blanchie, et proposait un salaire exorbitant. Elle avait déjà fait des erreurs. Elle ne laisserait plus jamais ses pulsions régir sa vie.

— C'est le bien-être de l'enfant qui prime, expliqua-t-elle. S'il faut punir les grands-parents pour l'assurer… Cela ne me pose pas de problème.

Il rit doucement.

— J'espère que je serai là pour voir la tête de Mark.

— Ne vous inquiétez pas, monsieur Manelli. Si vous m'engagez, je serai responsable de votre fils. Je ne prends pas cette responsabilité à la légère. Et je ne laisse pas non plus les gens me marcher sur les pieds.

La peur, la fuite. Changer de lycée, utiliser le nom de jeune fille de sa mère… Non. Elle avait trop souvent courbé l'échine. Elle ne laisserait pas ses souvenirs l'ébranler, pas maintenant.

Tout irait bien. Le building avait simplement réveillé ses souvenirs et ses angoisses.

— Je suis tout à fait prête à affronter votre père, quoi qu'il advienne, conclut-elle d'une voix ferme.

Danny rit. Un rire vrai, sincère, spontané. Pour la première fois depuis des mois, il eut l'impression fugace que son fardeau était un peu plus léger. Enfin, il avait obtenu la garde de son fils, et leur vie ensemble serait peut-être plus facile qu'il ne l'avait craint… S'il engageait la bonne nourrice pour l'aider.

La candidate précédente était le doppelgänger de Mary Poppins. Par équité pour les autres candidats, il s'était retenu de lui offrir immédiatement le poste, mais il avait cru son choix arrêté. Seulement voilà : malgré sa jeunesse, Marnie Olsen ébranlait tous ses a priori.

Il baissa les yeux sur elle. Elle était de taille moyenne, de poids moyen, et portait des vêtements quelconques – une robe fleurie, un blazer et des chaussures sombres. Elle avait noué ses cheveux auburn en chignon bas. Mais cette discrétion forcée ne pouvait dissimuler ses lèvres pulpeuses ou le vert perçant de ses prunelles alertes.

Elle l'observait avec la même attention. Et elle avait raison d'être circonspecte : si elle acceptait le poste, elle serait catapultée sans transition dans le monde abracadabrant des Hinton. Le monde qui avait englouti sa vie. À cause de Mark, il avait découvert l'existence de son fils et celle de ses deux demi-sœurs. À cause de Mark, il aurait bientôt une nouvelle belle-mère. À cause de Mark, il avait aussi appris qu'il était adopté, et sa relation avec ses parents avait perdu de sa stabilité. Il faisait des efforts, mais il était en colère – parce que ses parents avaient gardé le secret, parce qu'ils ne l'avaient pas prévenu que son géniteur était un milliardaire à moitié fou. Parce que sa vie bien ordonnée avait implosé.

Et, si Marnie Olsen voulait travailler pour lui, elle allait devoir affronter le chaos sans flancher.

— L'agence m'a envoyé trois candidats qualifiés pour le

poste, et vous faites partie de leur sélection. Ils me laissent le choix final.

— Oui, ils m'ont prévenue.

— J'aimerais engager quelqu'un sur le long terme. La mère de mon fils a déménagé en Europe pour devenir vice-présidente de la banque où elle travaille. C'est une opportunité importante pour elle, et nous avons décidé qu'il valait mieux que j'ai la garde de Rex jusqu'à nouvel ordre.

— Mme Harper m'a dit que la mission pourrait devenir permanente, oui.

— Et cela ne vous pose pas de problème ?

— Non. Je n'ai pas encore eu le plaisir de travailler avec le même enfant sur le long terme, mais…

Ses lèvres s'incurvèrent en un adorable sourire.

— J'adore les enfants, continua-t-elle. Je prends mes distances quand une mission touche à sa fin, bien sûr… Mais j'adorerais pouvoir rester aux côtés de votre petit garçon. Le voir grandir et évoluer sur plusieurs années.

Son cœur accusa un étrange soubresaut. Elle était si jolie quand elle souriait ; ses yeux scintillaient comme des émeraudes. Rex aurait été fou d'elle. Il s'éclaircit la gorge.

— Parlez-moi un peu de vous, Marnie.

Son visage ouvert s'assombrit brièvement.

— De moi ?

— De vos autres missions, peut-être ? proposa-t-il, surpris par son hésitation soudaine.

De nouveau, elle sourit.

— Bien sûr. J'ai payé mes études en gardant des enfants à mi-temps. Le salaire est intéressant et je pouvais refuser les missions qui coïncidaient avec mes examens. J'ai gardé toutes sortes d'enfants. Des bébés, des tout-petits, des enfants de dix, douze ans. Jamais d'adolescents, cela dit.

— Vous avez l'habitude des très jeunes, alors ? Rex a deux ans tout juste…

— Absolument, dit-elle en riant. Ils ne me font plus peur.

— Ils me terrifient complètement, grimaça-t-il. Pour

l'instant, Rex est un ange, mais je sais que les problèmes ne vont pas tarder.

— Ah, mais les problèmes sont relatifs. Tous les enfants font des bêtises, et tous les enfants testent leurs limites. C'est la façon dont *vous* réagissez qui fait la différence. Par exemple, imaginons que votre fils se mette à dérouler tous les rouleaux de papier toilette. Si vous lui expliquez que c'est du gâchis, même si c'est terriblement amusant, il aura appris quelque chose. Mais si vous vous contentez de crier et de le punir, il ne comprendra pas votre réaction.

Compte tenu de la façon dont Mark avait bouleversé la vie de tous ses héritiers, il appréciait tout particulièrement l'idée de voir son fils grandir dans une atmosphère tranquille, où la communication primerait avant tout. Décidément, Mary Poppins perdait du terrain sur son échelle d'appréciation, et Marnie prenait de la vitesse.

— Oui, je suis d'accord. Mon père était du genre à crier, ma mère préférait tout expliciter... Et j'ai beaucoup plus appris de ma mère.

— Exactement.

— Qu'est-ce qui vous plaît le plus dans votre métier ?

— Les enfants, bien sûr. J'aime jouer avec eux, inventer avec eux. J'adore bavarder avec eux, parce qu'ils ont toujours des perspectives passionnantes sur la vie. Tout est si nouveau pour eux.

— Rex serait enchanté...

— C'est un plaisir pour moi aussi, vous savez. D'aucuns disent que j'ai un vrai talent pour la pâte à modeler.

Il rit.

— Et ma mère garde encore mes sculptures sur la cheminée, ajouta-t-elle, les yeux pétillants d'humour.

— Vous devriez être institutrice.

Son beau visage s'éclaira, mais elle secoua la tête.

— Non. J'aime donner tout mon temps à un seul enfant. Je m'intéresse aux dernières recherches pédiatriques, notamment les effets de l'art sur les enfants. La musique, la peinture, la sculpture, la danse… Et même les animaux de compagnie, dit-elle en pointant Oswald du menton. La relation intime qui s'instaure entre une nourrice et sa charge me permet d'exposer les enfants à toutes ces activités et de les voir s'épanouir.

C'était *exactement* ce qu'il désirait pour Rex. Avec tout l'argent des Hinton à leur disposition, son fils pourrait faire ce qu'il voudrait de sa vie. Mais le bonheur passait d'abord par l'état d'esprit, et quelqu'un comme Marnie pourrait lui apprendre à regarder autour de lui, à savourer chaque expérience. À apprécier ce qu'il possédait.

Marnie était jeune et joyeuse. Il respectait profondément Mary Poppins, mais il fallait avouer qu'elle s'était plutôt distinguée par son austérité. Quitte à engager une nourrice à domicile, il préférait partager son foyer avec une employée agréable et solaire. Il inspira profondément et appuya sa mâchoire contre son poing fermé.

— Je propose un deuxième entretien avec Rex, chez moi, ce soir. J'avais l'intention d'inviter tous les candidats, mais…

Mais son instinct lui soufflait qu'il avait trouvé la perle rare. Pourquoi donc ? Mary Poppins avait un meilleur CV. Plus d'expérience. Et il ne laissait jamais son instinct dicter sa conduite.

Mais après tout, que risquait-il ? Il avait signé avec l'agence. Si Marnie n'était pas le bon choix, ils lui enverraient quelqu'un d'autre.

— Mais ce n'est pas nécessaire. J'aimerais vous proposer le poste.

Pendant quelques secondes, elle se contenta de le regarder fixement, bouche bée. Puis, elle se leva d'un bond.

— Oh mon Dieu ! Merci, c'est fantastique ! Vous ne le regretterez pas, monsieur Manelli !

Non, il ne le regretterait pas. Il attendait toujours que l'anxiété noie sa conviction, mais rien ne vint. Il rit avec elle, charmé par son enthousiasme, soulagé d'avoir pris une décision. Marnie était la bonne, il en était persuadé. Il nota son adresse sur un papier et le lui tendit.

— Rendez-vous à 20 heures ?

Marnie lui offrit le plus radieux des sourires.

— 20 heures, c'est parfait.

Il la regarda quitter son bureau, le cœur tout plein d'allégresse.

2.

Assise dans le métro, Marnie laissa les émotions des dernières heures la submerger tout à fait. Elle avait réussi ! Elle avait décroché le job. Une position qui lui permettrait d'économiser assez d'argent et d'ouvrir un jour sa propre agence de garde d'enfants.

Mais elle travaillerait pour le fils de Mark Hinton, le milliardaire excentrique. Shirley Harper ne l'avait pas mentionné avec l'ordre de mission. Elle avait gardé son sang-froid devant Danny Manelli, mais en quittant l'opulent gratte-ciel, sa peur familière était revenue, plus aiguë que jamais. Danny Manelli n'était peut-être pas excentrique, mais son père biologique, lui…

Les images de son passé bouillonnaient dans son esprit. Les secrets. Les mensonges. Les insultes, nombre d'entre elles postées sur les réseaux sociaux…

Mais toutes à l'encontre de Marnie Gouse. Pas Marnie Olsen. Il faudrait fouiller longtemps pour faire la connexion.

Et puis, Danny Manelli n'avait pas choisi une agence au hasard : il faisait sans aucun doute confiance au processus de sélection. Il n'aurait pas besoin de vérifier ses références lui-même. Il était riche ; il avait l'habitude de déléguer ce genre de choses aux professionnels.

Arrivée au petit appartement qu'elle partageait avec sa mère, elle se glissa immédiatement dans sa chambre et s'assit à son bureau. Elle tapa le nom de Mark Hinton dans son moteur de recherche…

Et étouffa un soupir désespéré.

Le haut de la liste était occupé par une flopée d'articles sur les héritiers disparus. À l'époque de leur publication, Mark Hinton était supposé mort. L'un d'entre eux attaquait la demi-sœur de Danny, Leni Long. Son téléphone avait été cloné et toutes les informations recueillies publiées sans son accord. Danny avait raison : cette situation était folle. La presse n'avait aucun respect pour l'intimité d'autrui. Mais elle-même ne risquait rien, n'est-ce pas ? Après tout, elle ne serait qu'une femme de l'ombre, trop occupée à changer des couches pour attirer l'attention des paparazzis.

Oh ! elle savait ce qu'elle était en train de faire... Elle cherchait à se rassurer parce qu'elle ne voulait pas refuser le poste. Elle n'allait tout de même pas manquer l'opportunité de sa vie à cause d'une vieille erreur ! Non, c'était hors de question.

Elle humecta ses lèvres sèches. Elle n'avait pas googlé son propre nom depuis des années. L'idée même d'une recherche réveillait en elle une honte brûlante. Elle préférait toujours détourner le regard. Mais aujourd'hui...

Sa mère le lui avait toujours dit : « Si tu entends un bruit dans l'appartement, allume la lumière et va vérifier que tout va bien. Ne laisse pas l'ennemi se tapir dans l'ombre. »

Toute la journée, elle avait été tenaillée par son secret. Le bâtiment avait réveillé ses angoisses, certes. Mais peut-être était-elle simplement guidée par un terrible pressentiment. Peut-être que Roger Martin avait posté ses photos sur la Toile, et qu'elles l'attendaient, vivaces et humiliantes...

Son cœur se serra douloureusement. Elle entra son ancien nom dans la barre de recherche.

Rien.

Elle aurait aimé se sentir soulagée, mais... Roger n'avait pas besoin d'utiliser son nom. Quelque part, sur des sites qu'elle ne voulait pas ouvrir, les photos qu'il avait prises étaient peut-être publiées depuis longtemps.

Ces dernières années, elle avait tenté de se rassurer. Les clichés avaient été détruits. Pourquoi se torturer avec des hypothèses ?

Elle avait perdu sa virginité avec Roger. Ce même soir,

il l'avait photographiée endormie. Lorsqu'il avait essayé de vendre les images à l'école, elle était immédiatement rentrée chez elle, horrifiée. Sa mère avait appelé la police. Il n'avait pas fallu longtemps pour que des agents demandent à s'entretenir avec le principal.

Roger n'avait pas posté les photos et avait habilement déguisé leur origine en les proposant à la vente sur Internet. Dix ans plus tôt, supprimer les photos de son téléphone avait suffi à satisfaire les autorités. Mais le mal était fait.

À l'école, elle avait été insultée et ostracisée parce que sa mère avait porté plainte. Parce qu'*elle* avait humilié Roger. Parce qu'elle avait essayé de ternir son image.

Son image ? Roger était un monstre ! Sa trahison avait laissé des traces indélébiles. Mais personne ne se souciait d'elle. Elle s'était sentie piégée, harcelée, tétanisée.

Dix ans avaient passé. Elle avait laissé toute cette souffrance derrière elle. Elle n'avait plus rien à craindre ; elle accepterait de travailler pour Danny Manelli et apprendrait à connaître son petit garçon. Elle pourrait commencer à économiser pour son avenir. Elle éteignit l'ordinateur et entreprit de rassembler ses affaires.

Elle avait changé de nom et changé d'école pour reprendre une vie normale. Mais, malgré tous ses efforts, le doute continuait de la tourmenter. Peut-être que Roger Martin avait encore ces photos sur une clé USB. Peut-être qu'elles referaient surface quand elle s'y attendrait le moins.

Seulement, plus les années passaient, et moins elle ressemblait à la jeune fille qu'il avait photographiée. Elle n'avait pas le même nom, et elle n'était qu'une domestique. Elle connaissait les gens riches ; ils voyaient leurs employés comme de simples meubles. Présents, utiles, mais sans réel intérêt. Personne ne s'attardait sur les portiers, les chauffeurs, les nourrices. Quant à Roger Martin…

À l'époque, il n'avait même pas cillé en voyant ses larmes. Il était sans scrupule. Un salopard privilégié. Quand les policiers s'étaient contentés de lui donner un avertissement et une tape amicale dans le dos, il lui avait décoché un rictus par-dessus leurs épaules.

C'était ce rictus qui hantait encore ses nuits – la preuve qu'il avait gardé l'avantage jusqu'au bout.

Danny arriva chez lui un peu après 19 heures. Il avança tout droit vers son fils sans même retirer son manteau, et le prit dans ses bras.

— Hé, bébé, comment tu vas ?

Rex, les cheveux blonds et bouclés, vêtu d'une petite salopette, lui retourna un grand sourire.

— Bien !

— Il s'est amusé comme un petit fou, compléta Charlotte, sa demi-sœur. Jace est passé nous voir et ils ont joué à chat. Ce petit sait courir ! Je croyais que j'étais plus ou moins sportive, mais Rex nous a battus à plate couture.

Rex gloussa et Charlotte chatouilla son ventre. Fine, grande, blonde, elle avait troqué ses vêtements habituellement élégants pour un jean large et confortable.

— Tu as gagné cet après-midi, mais tonton Jace et moi prendrons notre revanche, lui lança-t-elle.

— Je vous suis vraiment reconnaissant, à toi et à Leni. Merci d'être venue le garder. Quand Alisha me l'a déposé ce matin, j'ai cru que j'allais avoir une attaque. Apparemment, son employeur veut qu'elle commence tout de suite. Elle est déjà partie en Espagne, à cette heure-ci. Heureusement que j'avais déjà meublé sa chambre et acheté du matériel pour les week-ends où il m'a rendu visite… Je ne sais pas ce que j'aurais fait sans vous.

— Hé, c'était la moindre des choses. C'est ça, la famille ! Rappelle-moi, comment deux filles et un fils unique se retrouvent frère et sœurs du jour au lendemain, déjà ?

— Apparemment, notre père ne connaissait pas la contraception ?

Elle éclata de rire et lui planta un baiser sur la joue.

— Oh ! touché. Il faut que j'y aille, mais n'hésite pas à me demander si tu as besoin d'aide pour choisir une nourrice.

— J'en ai engagé une tout à l'heure.

Charlotte s'arrêta avant d'arriver à l'ascenseur.

— Déjà ?

— Je n'avais pas vraiment le temps de tergiverser. Rex vit avec moi et j'ai besoin d'aide. Jace m'a envoyé l'adresse d'une agence en laquelle il a confiance. Ils m'ont proposé trois bons candidats. J'ai rencontré Mary Poppins, mais j'ai choisi quelqu'un d'autre. Je crois qu'elle sera parfaite.

— Parfaite comment ?

— Elle est… plus jeune. Je ne sais pas. Elle a de l'énergie.

— Après la journée que j'ai passée, je confirme : il va lui en falloir, de l'énergie.

— Voilà. Et puis, l'agence est très respectée. Ils s'occupent de vérifier les antécédents de leurs employés eux-mêmes. Je n'ai pas besoin de m'inquiéter, je sais déjà qu'elle a des références impeccables.

À sa grande surprise, le sourire de Charlotte s'évanouit.

— Tu ne vérifies rien par toi-même ?

— C'est le rôle de l'agence. Jace m'a confirmé qu'ils étaient réputés.

— D'accord, mais il n'est pas vraiment spécialiste en garde d'enfants. Hé… Tu n'auras plus besoin de moi, alors ?

— Ne t'inquiète pas, je suis sûr que Marnie a aussi besoin de jours de repos, dit-il, amusé.

— Alors je pourrai encore jouer à la baby-sitter ?

— Bien sûr. Mais tu devras partager avec Leni.

— Ah, voilà l'inconvénient d'avoir des frères et sœurs. Je ne veux pas partager ce petit chéri ! s'exclama-t-elle en faisant pleuvoir des baisers sur le front de Rex.

— Donc je peux t'appeler à 2 heures du matin quand il se met à hurler ?

Elle lui lança un clin d'œil et reprit sa route vers l'ascenseur, cette fois au pas de course.

— Sans façon, merci ! Mais je peux me libérer les samedis après-midi ! Bon courage !

Ils lui firent un signe d'au revoir jusqu'à ce que les portes de l'ascenseur coulissent, puis Danny pivota vers la cuisine. Généralement, il savait plus ou moins ce qu'il faisait, mais il s'appuyait encore sur les notes qu'Alisha, la mère de Rex, lui avait laissées avant son départ. Plusieurs pages sur les préférences et les habitudes de Rex.

— Tu as déjà mangé avec tata Charlotte, non ? Mais tu as le droit à un jus de fruits avant de dormir.

— Fwui ? s'exclama Rex d'un air enchanté.

— Sans renverser, ajouta Danny avec un sourire. On ne voudrait pas que tu te salisses avant que la nouvelle nounou arrive, hein ?

— Nounou, acquiesça Rex.

Danny rit doucement.

— Hé, tu as un vrai talent pour la répétition, bébé. C'est comme ça que tu apprends des mots ?

— Démo, répondit Rex en souriant.

Danny embrassa son front avant d'ouvrir le réfrigérateur. En attrapant le jus de pomme, il cogna au passage les deux bouteilles de lait. Il bondit en arrière, mais trop tard : le verre explosa sur le carrelage immaculé. Couverts de lait tous les deux, ils s'observèrent une seconde avant que le petit visage de Rex ne se froisse. Il se mit à hurler à pleins poumons.

Danny cligna des yeux, sonné. D'un seul coup, il avait mille choses à faire : changer Rex, nettoyer la cuisine et les placards, traquer les bouts de verre, se déshabiller et faire sécher ses chaussures trempées, aller acheter une autre bouteille de lait aussi vite que possible, car Rex en buvait au petit déjeuner. Et pourtant, il resta planté là comme un idiot, au milieu du carnage, l'esprit glacé d'impuissance.

3.

Quand Marnie entra dans l'immeuble de Danny, elle s'arrêta un instant au milieu du hall, les yeux écarquillés. Cet endroit était magnifique. Tout était d'une sophistication exquise : les couleurs claires et raffinées, les canapés inspirés des années 1950, positionnés autour d'une superbe cheminée épurée, et jusqu'au mur de verre qui séparait le lobby de la salle de sport ultramoderne.

Et Danny possédait tout le dernier étage ?

Elle avait vécu dans une bâtisse similaire, quand ses parents étaient encore mariés. Neuve, luxueuse, scintillante. Et dire qu'elle n'avait pas vu son père depuis quatorze ans…

Le portier, vêtu d'un polo blanc, l'observait discrètement depuis la réception. Sans doute parce qu'elle semblait perdue. D'une certaine façon, elle l'était. Elle n'arrivait même pas à localiser l'ascenseur privé.

— Excusez-moi. Je suis la nouvelle nourrice de Rex Manelli, le petit garçon de M. Manelli ?

Il lui sourit largement et baissa les yeux sur ses notes.

— Oh ! bien sûr. Il m'a prévenu de votre visite. Marnie Olsen, c'est ça ?

— Oui, dit-elle en lui montrant sa carte d'identité. Mais je ne vois pas l'ascenseur ?

Le portier rit et contourna son bureau.

— Suivez-moi. Il est un peu camouflé.

Il la guida jusqu'à un coin discret du hall et s'arrêta devant un simple mur tapissé de boiseries. Lorsqu'il pressa un bouton que Marnie n'avait même pas remarqué, le mur s'ouvrit. Elle cligna des yeux. Oh ! ce n'était pas un immeuble ordinaire. Avec une sécurité pareille… La nervosité revint, poignante, et accéléra son pouls.

C'était ridicule ; elle pouvait partir quand elle le désirait ! Si quelqu'un décidait de fouiller dans son passé, elle ferait ses valises. L'agence trouverait un remplaçant en un claquement de doigts. Elle n'allait tout de même pas se démonter maintenant, pas si près du but, n'est-ce pas ?

Et pourtant, alors qu'elle observait le hall si élégant, bien plus huppé que le domicile de ses employeurs habituels, quelque chose en elle lui chuchotait de *fuir*.

Elle fit la sourde oreille. Danny Manelli était riche, d'accord. Et alors ? Il travaillait, il menait une vie parfaitement normale. Les paparazzis ne harcelaient pas tous les millionnaires de ce monde. Personne n'avait jamais publié quoi que ce soit sur son père, par exemple. Les journalistes aimaient les excentriques et les mégalomanes. Mark Hinton avait peut-être passionné les médias, mais Danny n'était qu'un avocat, et un avocat discret, avec ça. Aisé, sans aucun doute, mais pas assez scandaleux pour faire vibrer la presse. Personne ne remarquerait qu'il avait engagé une nourrice.

Si tout allait bien, elle aurait enfin repris le contrôle de sa vie dès demain. Et cela n'avait pas de prix.

L'ascenseur fila jusqu'au dernier étage en quelques secondes. Les portes coulissèrent sur une immense pièce à vivre avec vue panoramique sur Manhattan, décorée de meubles contemporains en chrome. Et de nouveau, sa gorge se noua – le propriétaire d'un tel appartement ne pouvait pas être un homme normal, quoi qu'il fasse, quoi qu'il dise. Elle se leurrait si elle essayait de se convaincre du contraire. Quand la mort de Mark Hinton avait été annoncée, elle avait fait les gros titres pendant des semaines. Et ses trois héritiers étaient devenus des célébrités du jour au lendemain.

Cet emploi était trop risqué.

Elle leva une main tremblante, mais, avant que son doigt ne

presse le bouton de descente, avant qu'elle ne puisse prendre la fuite, les sanglots d'un bébé retentirent.

Elle se figea. Comme les pleurs continuaient, elle sortit de l'ascenseur et trébucha sur le chiot. Elle lâcha son sac de voyage et s'accroupit pour le serrer dans ses bras.

— Oh mon Dieu, Canaille ! Je suis désolée.

Le chiot aboya. Elle fouilla les alentours du regard. À part les pleurs de Rex, l'appartement était étrangement silencieux. Où était donc Danny Manelli ?

— Il y a quelqu'un ?

Canaille jappa encore une fois. Le petit garçon pleurait plus fort. Marnie s'enfonça dans l'appartement. Elle passa par l'énorme cuisine américaine, grise, noire et blanche. Sur les plans de travail en marbre, un grille-pain et une cafetière bleu canard rappelaient le large sofa du salon. Devant la baie vitrée, des fauteuils et un petit piano à queue surplombaient la ville illuminée.

Rex pleurait toujours. Elle se glissa dans le couloir.

— M. Manelli ? Danny ? Rex ?

Pas de réponse. Elle suivit les cris de Rex et s'arrêta devant une porte close. Elle tourna la poignée… et découvrit la chambre d'enfant la plus luxueuse qu'elle ait jamais vue.

Tout était bleu, argent et blanc, sauf le berceau, sculpté dans le merisier. Devant la table à langer, Danny bataillait tant bien que mal avec un bambin en larmes et une couche récalcitrante. Elle posa le chiot sur le sol et s'avança.

— Je suis là.

Danny jeta un coup d'œil par-dessus son épaule.

— Marnie ! Bonsoir. Désolé pour le chaos. J'ai cassé des bouteilles de lait.

Oh ! le pauvre. Sa chemise blanche et son pantalon étaient trempés. Elle comptait se défiler, certes, mais à cet instant, Danny avait besoin d'aide. Elle refuserait son offre plus tard.

— D'accord. Nouveau plan d'attaque. Laissez-moi changer Rex et allez mettre des vêtements secs.

— Vous êtes un ange tombé du ciel.

Elle rit et prit sa place devant la table à langer.

— Allez-y. Je m'occupe de Rex. On se retrouve dans la cuisine ?

Danny lui offrit un sourire avant de quitter la chambre ; Marnie baissa les yeux sur Rex, qui avait cessé de pleurer quand son papa s'était éloigné. Il attendait encore sa nouvelle couche. Il cligna ses grands yeux brillants de larmes.

— Comme tu es mignon, souffla-t-elle en caressant ses belles boucles dorées.

Un pincement de regret lui meurtrit le cœur. Elle aurait aimé apprendre à le connaître, ce petit garçon.

— Tu ne me connais pas, mais ton papa m'a engagée pour être ta nounou, expliqua-t-elle en le changeant tranquillement. Il est bientôt 8 heures, alors je pense qu'on peut te mettre en pyjama, non ?

Une main sur son petit ventre, elle trouva une gigoteuse dans le deuxième tiroir de la commode. Elle la glissa sur ses jambes dodues. Il la fixait toujours.

Son cœur se serra. Elle n'avait jamais vu un enfant aussi adorable. Ses grands yeux bleus étaient aussi profonds qu'expressifs.

— Hé, je suis tellement intéressante que tu as oublié de pleurer, lança-t-elle avec un sourire. Que se passe-t-il ? J'ai du brocoli entre les dents ?

La petite bouche s'incurva légèrement, comme si Rex avait compris sa plaisanterie. Elle retint son souffle. Oh ! non. Deux minutes avec ce bébé, et elle en était folle amoureuse.

— Haha ! Je savais que tu m'aimais bien.

— Ça en a tout l'air, observa Danny, derrière elle.

Sa voix douce était teintée de soulagement.

Une bouffée de fierté monta en elle. Elle ne *pouvait* pas rester, et pourtant, pourtant, elle voulait l'aider à tout prix. Elle sourit en boutonnant le pyjama de Rex.

— J'ai pris la liberté de le mettre en pyjama. J'imagine qu'il va bientôt aller au lit ?

— Oui, je… J'avais oublié qu'il se couchait vers 8 heures. J'aurais dû vous demander de passer plus tôt.

Elle souleva Rex dans ses bras et le serra contre son cœur. Une fois qu'elle l'aurait couché, elle annoncerait à Danny qu'elle avait changé d'avis. Il engagerait une autre nourrice. Et elle n'aurait plus rien à craindre.

— Pas de problème. Nous avons encore une petite demi-heure pour grignoter quelque chose, se brosser les dents, et peut-être lire une histoire ?

Danny avança d'un pas.

— Oui, il aime les histoires.

Un pas de plus. Rex tendit ses petits bras vers lui.

— Il vous aime aussi, dit Marnie souriante en lui tendant le petit.

Danny embrassa la petite joue ronde.

— Alors il est très généreux, car je ne suis pas très doué avec lui. Mais nous nous connaissons depuis quelques mois, maintenant. On s'est vus pleins de fois, hein, Rex ?

C'est vrai – il avait mentionné qu'il avait découvert la naissance de Rex récemment. Mais visiblement, il avait tout de suite pris ses responsabilités. Il voulait être un bon père. Elle le suivit dans le couloir, la gorge nouée de tendresse.

— Les bébés ont de très bons instincts. Et ils sont patients. S'il vous aime, il vous accordera une large marge d'erreur.

Danny rit en secouant la tête.

— J'espère, parce qu'il est coincé avec moi.

Ils traversèrent la pièce à vivre, si belle et si scintillante, jusqu'au coin cuisine. Marnie parcourut une nouvelle fois l'espace du regard. Elle aurait parié ses maigres économies que les tableaux d'art abstrait qui décoraient les murs étaient des originaux.

— Hé, ne dites pas ça. Il ne pense pas qu'il est *coincé* avec vous. Il vous adore, ça se voit.

— Il me détestera demain matin, quand il s'apercevra qu'il n'y a plus de lait, soupira Danny.

Ils contournèrent l'énorme îlot central. Sur le lieu du crime, tapi sur le sol, les fesses en l'air, Canaille était très occupé à laper les flaques de lait.

— Oh non ! s'exclama Marnie en tirant sur son collier.

— Laissez-le, si ça lui fait plaisir, s'étonna Danny.

— Il a déjà dû en boire assez pour son poids, et certains chiens sont intolérants au lactose.

Elle se tourna vers lui. Il était sexy à mourir avec son jogging noir et son T-shirt trop grand, le bébé dans les bras. Dans son costume, elle l'avait trouvé beau, mais distant. Ce soir, dans la cuisine, il avait l'air dans son élément, jeune, souriant, à l'aise et accessible.

— Intolérant au lactose ?

— Hum… Oui. Oui.

Elle revint brutalement à la réalité. Elle n'avait pas pour habitude de saliver sur ses employeurs. Elle avait travaillé pour bon nombre de pères séduisants et sympathiques, et elle ne s'en était jamais souciée. Pourquoi son corps réagissait-il ainsi aujourd'hui ? Peut-être parce qu'elle savait qu'elle n'accepterait pas le poste. Peu importait qu'elle trouve Danny Manelli séduisant, dans ces conditions.

— Même si cela ne le rend pas malade, il ne faut pas donner trop de lait aux chiens.

Elle pivota sur elle-même pour prendre ses repères et localisa la chaise haute de Rex.

— Voilà ce que je vous propose. On installe Rex sur sa chaise avec un biscuit et du jus de fruits. Vous allez acheter du lait pour demain pendant que je nettoie la cuisine.

— C'est très généreux, Marnie, mais je ne vous ai pas engagée pour faire le ména…

— Pas de mais, monsieur Manelli. Votre fils a besoin de lait pour son petit déjeuner, et si vous laissez le lait sécher, cela va sentir. En plus, il faut sortir le chien. Je m'occupe de Rex pendant ce temps.

— Vous êtes sûre ?

Décidément, malgré sa richesse, Danny Manelli n'avait rien d'un patron despotique. Et son incertitude était… adorable.

Beaucoup trop adorable ! Elle ne parvenait pas à étouffer la chaleur diffuse qui se répandait dans sa poitrine. Les yeux dans les siens, si sombres et si expressifs, elle avait l'impression de pouvoir lire dans son âme. Et si elle avait craint de travailler pour un milliardaire, fantasmer sur lui était bien pire. Une liaison avec la nourrice ! La presse en aurait fait des gorges chaudes.

Et quelle idée ! Elle comptait refuser le poste, non ? D'une minute à l'autre. Dès qu'elle en aurait trouvé le courage. Elle ne resterait pas, certainement pas. Même si Rex était un ange, même si Danny Manelli était sublime, même s'il était aussi gentil avec elle qu'il l'était avec son bébé.

Dieu merci, il partait.

— Je m'occupe de tout, promit-elle.

Danny passa un manteau, accrocha sa laisse au collier de Canaille, attrapa son portefeuille sur le buffet de l'entrée, et lui décocha le plus attendrissant des sourires.

— Merci encore, Marnie.

Dans l'ascenseur, Danny poussa un long soupir. Il venait de laisser son fils avec une inconnue…

Une inconnue qu'il voulait engager, une inconnue envoyée par une agence haut de gamme que son futur beau-frère, Jace MacDonald, un des leaders américains de la sécurité interpersonnelle, lui avait personnellement recommandée. Pas la peine de s'inquiéter : Rex était entre de bonnes mains.

Et lui, dans tout cela ? Au bord de la panique.

Il s'était toujours considéré comme quelqu'un de compétent. Bien sûr, il avait fait quelques faux pas pendant les courtes visites de Rex, mais il s'en était toujours bien sorti. Mais ce soir… Un peu de lait renversé l'avait laissé complètement démuni.

Quant à Marnie Olsen… Elle était venue à sa rescousse comme une vraie superwoman. Active, rapide, professionnelle. Un plan d'attaque, une solution.

Arrivé sur le trottoir, il emboîta le pas à Oswald. Maintenant, il en était certain : il avait pris la bonne décision en choisissant

Marnie. Elle était admirable. Intelligente, forte, avec un esprit organisé et une efficacité remarquable. Elle avait géré le chaos en un claquement de doigts.

De nouveau, une étrange sensation monta en lui. Le soulagement d'avoir trouvé la parfaite nourrice pour son fils… Et quelque chose d'autre. Une chaleur nouvelle, une chaleur… rassurante. Marnie était si souriante, si compétente, si vraie, et si…

Il grimaça intérieurement. Si jolie. Marnie était si terriblement jolie.

Ce qui n'avait aucune importance. Son monde avait basculé. Il essayait encore de reprendre son équilibre. Il n'était pas idiot. Il avait besoin de quelqu'un d'intelligent à ses côtés, oui, mais aussi de stabilité. De soutien. Rex était né d'une aventure d'un soir, et Alisha ne l'avait jamais prévenu. Il s'était découvert père quelques mois plus tôt, et seulement par hasard. Alisha, Mark… Leurs mensonges avaient laissé des traces. Il avait besoin de temps avant de pouvoir faire confiance à quiconque. Avant de savoir faire confiance. Il n'avait pas de place pour une idylle dans sa vie, pas maintenant.

Et Marnie était la nourrice idéale. Il avait déjà besoin d'elle. Son instinct avait vu juste. Il ne pouvait pas risquer de la perdre pour un peu d'attirance. D'ailleurs, il ne s'autoriserait plus à remarquer sa beauté, c'était décidé.

Il guida Oswald à travers le parc, puis vagabonda dans les rues adjacentes jusqu'à la supérette. Après avoir acheté du lait, il prit le chemin du retour. À l'appartement, il trouva Marnie assise sur un tabouret près de la chaise haute ; Rex riait aux éclats. Entre deux gloussements, il finissait son jus d'orange. La cuisine était propre.

Une sérénité enivrante apaisa son esprit en ébullition. Enfin, du calme. Il en avait tellement besoin.

— Je ne sais pas ce que j'aurais fait sans votre aide.

Le chiot s'élança en avant et s'assit au milieu de la cuisine, retenu par la laisse, mais la tête haute, la poitrine bombée, les yeux fixés sur Marnie. Danny sourit. Bon chien.

— Je ne sais pas comment vous remercier, Marnie. Vous ne pouvez pas imaginer combien je suis heureux que vous ayez accepté ce poste.

Une vague de culpabilité frappa Marnie de plein fouet. Danny détachait la laisse de Canaille ; immédiatement, le chien se précipita vers elle, et elle le souleva pour qu'il puisse lui lécher les joues. Rex piailla de plaisir. Oh ! pour l'amour du ciel. Pourquoi Danny était-il si charmant ? Et son fils si adorable ? Et son chien si mignon ?

Chaque minute passée ici lui démontrait que, malgré le luxe de l'appartement, Danny et Rex avaient une vie normale. Le poste qu'elle s'apprêtait à refuser était normal. Alors pourquoi fuir ?

— Dès que nous aurons couché Rex, je vous montrerai vos appartements, annonça Danny. Vous avez une chambre, une salle de bains, et une petite buanderie de l'autre côté de la pièce à vivre.

Elle voulait tant travailler ici. Avec lui. Avec eux. Leur venir en aide, et voir Rex grandir, et économiser assez d'argent pour construire son avenir…

Ne t'en va pas maintenant. Sois courageuse. Ne laisse pas passer l'opportunité de ta vie pour quelque chose que tu as laissé derrière toi depuis longtemps.

Elle s'éclaircit la gorge, puis inspira profondément.

Très bien. Le risque en valait la peine.

— Merci. Si cela ne vous dérange pas, j'aimerais bien ranger et préparer mes affaires ce soir pour être prête dès demain matin.

— Bien sûr. Je ne travaille pas demain, ni dimanche. Nous pourrons parler des détails à ce moment-là. Juste les informations les plus importantes pour ce soir. Par exemple, vous vous demandez peut-être pourquoi vous êtes aussi loin de la chambre de Rex ; mais je vous expliquerai comment fonctionne le babyphone et la caméra. Vous l'entendrez pleurer sans problème, railla-t-il.

— Me voilà rassurée, rétorqua-t-elle en riant.

Et voilà. C'était si facile. Elle avait accepté. Elle serait heureuse ici. Aucun cauchemar ne l'attendait, tapi dans l'ombre, prêt à révéler son identité et les erreurs de son passé. De quoi s'inquiétait-elle ? Elle n'était personne.

Danny était très différent de son père biologique. Son nom n'apparaissait que rarement dans les journaux. Personne ne chercherait des informations sur la nourrice d'un avocat discret.

Elle allait vivre dans un magnifique appartement, élever un adorable petit garçon, partirait dans quelques années avec un compte en banque raisonnablement plein. Peut-être quitterait-elle New York. Elle n'en avait jamais eu le courage, mais pourquoi ne pas s'installer là où personne ne la connaissait ? Là où aucun immeuble ne réveillerait ses peurs et ses regrets ? Où elle serait entièrement libre ?

Oui. Avec de l'argent, toutes les portes s'ouvraient. Une nouvelle ville. Une nouvelle vie. La liberté.

4.

Une fois Rex couché, Danny mena Marnie dans sa suite. À disposition, elle avait un petit salon, une chambre et une salle de bains. Les trois pièces étaient décorées dans un camaïeu de vert sauge, crème et gris pâle. Le sol était parqueté de bois clair et couvert de superbes tapis aux couleurs neutres.

Elle aurait voulu tourner sur elle-même en riant d'émerveillement, mais elle se retint, tout juste.

— Merci, monsieur Manelli. C'est magnifique.

— Je suis content que cela vous plaise. J'aimerais vous donner quelques détails sur le poste, mais ensuite je vous laisse tranquille pour la soirée.

Après avoir posé son sac, elle le suivit dans la grande pièce à vivre ; au passage, il attrapa une liasse de papiers sur l'îlot en marbre de la cuisine.

— La maman de Rex nous a laissé des instructions écrites. Vous y trouverez ses habitudes, mais Alisha récapitule aussi ce qu'il aime et ce qu'il n'aime pas.

Il lui tendit les notes en s'asseyant dans un des fauteuils bleus. Elle prit place en face de lui, sur le canapé, passa la liste en revue, puis releva les yeux.

— C'est très détaillé. Cela va beaucoup m'aider.

— Oui, Alisha est très organisée. Elle pense à tout. Je vous dois quelques détails sur la situation. Alisha et moi n'avons eu qu'une très courte relation. Elle est tombée enceinte mais ne m'en a pas parlé. Mon père biologique, qui, apparemment, avait décidé de me faire surveiller incognito, a découvert la naissance de Rex. Seulement, pour pouvoir me tenir au courant, il lui a bien fallu admettre qu'il était mon père. Bref, j'ai contacté Alisha dès que Mark m'a appris la nouvelle, et nous étions en train de négocier une garde partagée quand son patron lui a proposé le poste de ses rêves en Espagne.

— En Espagne ? Waouh.

— Exactement. Elle ne pouvait pas refuser, mais elle ne voulait pas non plus séparer Rex du reste de sa famille. Les parents et les sœurs d'Alisha vivent tous à Manhattan. La place qu'elle a acceptée est un poste à responsabilités, nécessitant énormément d'heures de travail. En Espagne, Rex aurait été très seul. Elle a finalement décidé de me confier la garde de Rex, pour qu'il puisse grandir avec les gens qui l'aiment. Elle le prendra deux semaines l'été, et pendant les vacances de son choix une fois par an. Elle a aussi l'intention de venir à New York lui rendre visite.

— C'est une merveilleuse nouvelle pour vous.

— Oui, admit Danny avec un sourire. J'ai eu du mal à accepter qu'Alisha ait voulu me cacher l'existence de mon enfant. Mais une fois que je suis entré en relation avec elle, elle s'est montrée généreuse. Elle m'a laissé le voir autant que je le désirais. Quand elle a accepté son nouveau poste, elle a fait passer le bien-être de Rex avant le sien. Je lui en suis reconnaissant. Et d'un seul coup, je suis… un vrai père.

Il rit doucement, et de nouveau, sa beauté la toucha en plein cœur. Avec son T-shirt trop large, ses cheveux désordonnés, son sourire sincère, il était irrésistible. Une affinité innée semblait l'attacher à lui. Ce sentiment qu'elle avait toujours considéré comme caractéristique des grandes idylles… Quand deux personnes étaient faites l'une pour l'autre. Quand elles pouvaient imaginer un futur ensemble…

Quoi ? Non, non. Elle appréciait simplement son sens du devoir et l'amour qu'il portait à son fils, comme toute nourrice qui se respecte. Quant à l'avenir, elle avait déjà des projets : notamment, s'occuper de Rex pendant des années. C'était cela, l'important.

— Voilà, vous savez tout, dit-il en se levant. Comme Rex est au lit, je vais vous laisser profiter de votre soirée.

Elle lui souhaita bonne nuit avant de rejoindre sa suite. Dans la chambre, elle inspira profondément. La joie d'avoir obtenu le poste la submergea enfin pleinement. Elle allait s'occuper d'un adorable petit garçon, vivre dans une suite luxueuse, et gagner tout l'argent dont elle avait besoin.

Elle avait repris sa vie en main. Pour la première fois depuis dix ans, elle n'avait pas laissé la peur dicter ses décisions. Elle se sentait plus forte, plus courageuse, elle se sentait… Oh ! elle se sentait normale. Enfin, enfin normale.

Le lendemain matin, Danny brandit la laisse de Canaille alors que Marnie finissait de donner son petit déjeuner à Rex. Elle s'essuya les mains et se tourna vers lui.

— Oh ! vous sortez le chien ? Rex et moi pourrions vous accompagner en balade.

Le visage de Danny s'illumina d'un sourire.

— Bien sûr ! Ce serait avec plaisir.

Il était peut-être encore un peu perdu avec les bébés, mais il était ouvert d'esprit. Encore une des raisons pour lesquelles travailler pour lui serait un plaisir.

— Il faut que je m'habitue aux alentours et que je mémorise le chemin du parc. Avez-vous une poussette ?

— Deux, à vrai dire. Une de ces grosses poussettes de luxe, et une petite pliable que m'a laissée sa mère.

— Prenons la grosse poussette de luxe, alors, lança-t-elle en riant.

Ils installèrent Rex dans le siège molletonné, attachèrent Canaille, et descendirent ensemble dans la rue presque déserte, typique d'un samedi matin à Park Avenue. L'odeur exquise des pâtisseries chaudes et du café chatouilla les narines de Marnie. Son estomac gargouilla bruyamment.

— On achètera quelque chose à la boulangerie sur le chemin du retour, proposa Danny, amusé, en prenant le guidon de la poussette.

— Désolée… J'ai sauté le dîner, et…

— Vous auriez dû me le dire ! Le frigo est plein, vous pouvez vous servir.

— J'ai juste oublié, ne vous inquiétez pas. Mais je ne dirais pas non à un détour par la boulangerie.

Dans un silence confortable, côte à côte, ils continuèrent leur chemin. Les tours aux façades immaculées s'élevaient sur un ciel azur, ombragées par les hauts arbres qui bordaient les trottoirs.

— C'est très beau, par ici.

— Oui, je me sens chez moi, dans ce quartier.

Elle comprenait pourquoi. Malgré la densité des gratte-ciel autour d'eux, une certaine élégance se dégageait de ces hautes bâtisses de brique, et une ambiance paisible et agréable régnait, ce dont témoignaient les nombreux sourires échangés avec leurs voisins. Les rares personnes déjà levées étaient en route pour une balade matinale ou un jogging. Le soleil, à travers le feuillage des arbres, faisait danser sur l'asphalte une lumière enchanteresse.

Canaille fit ses besoins sur un confortable coin de verdure, et Danny passa la poussette à Marnie pour s'occuper de nettoyer derrière lui. Il tourna ensuite les talons.

— Et voilà ! Nous n'allons pas plus loin, d'habitude.

— Pourquoi ne pas continuer encore un peu ? Rex sera content de prendre l'air.

— Vous pourrez l'emmener au parc cet après-midi, après sa sieste ? Il est juste au coin, là-bas.

— Oh ! parfait ! Bonne idée.

Mais, alors qu'elle se tournait pour mémoriser le nom de la rue, un homme élancé entra dans son champ de vision. Même à cette distance, elle le reconnut immédiatement. Son estomac se retourna. Il lisait son journal, mais elle connaissait cette silhouette, cette démarche inimitable.

Elle s'arrêta net. Danny s'arrêta avec elle.

— Que se passe-t-il ?

Son père. Son père était là.

Et dire qu'elle s'était cent fois inquiétée de croiser Roger Martin ! Son père était censé vivre dans l'Upper West Wide, à l'autre bout de la ville !

Il les dépassa sans même ralentir le pas. Bien sûr, il était préoccupé par sa lecture, mais, si elle était honnête avec elle-même… Elle savait qu'il ne l'aurait pas reconnue, même s'il avait levé les yeux. La dernière fois qu'elle l'avait vu, elle avait douze ans. Il ne savait rien de la Marnie adulte.

Il les avait abandonnées sans se retourner, elle et sa mère. Après son départ, elles étaient passées du luxe à la misère. Elles avaient été expulsées de leur appartement. Elles avaient vécu si longtemps dans l'instabilité.

Une tristesse lancinante la transperça.

— Marnie ?

Elle secoua la tête. Elle devait reprendre ses esprits. Son père était riche. Ce n'était pas très surprenant qu'il ait emménagé à Park Avenue. Elle avait fait son deuil depuis longtemps. Le revoir l'avait simplement… surprise.

Mais l'angoisse familière surgit, plus insidieuse que jamais. S'il était si facile de croiser son père par hasard, qu'en était-il de Roger ? Les Martin étaient aussi prospères que son père. Que Danny Manelli.

L'homme qui avait ruiné son enfance traversait à cet instant une rue qu'elle remonterait tous les jours. Risquait-elle aussi d'y revoir l'homme qui avait brisé sa jeunesse ?

Non ! Non, elle ne pouvait pas stagner dans le passé. Elle devait prendre son courage à deux mains et continuer son chemin. Elle inspira discrètement, décidée à étouffer sa panique croissante.

— Désolée. J'ai cru voir quelqu'un que je connaissais.

— Que vous connaissiez ? s'étonna Danny en embrassant les alentours du regard.

Dis-le. Regarde ton passé en face et empêche-le de t'engloutir.

— Oui. Mon père, en fait.

— Votre père ? interrogea Danny. Je n'ai vu personne vous faire signe. Vous ne vous êtes pas arrêtée pour… ?

Elle balaya sa question de la main. Pour reprendre le contrôle de la situation, elle devait minimiser son impact. Cette rencontre n'avait aucune importance. Le hasard avait simplement un sens de l'humour très douteux. Elle tourna la poussette et prit le chemin du retour.

— Ce n'est pas grave. Je… Il ne m'a pas reconnue. Il ne m'a pas vue depuis mes douze ans. Il a pris mon frère et a quitté ma mère à ce moment-là.

Danny cligna des yeux, estomaqué, et si confus qu'il s'exclama d'une voix trop forte :

— Attendez… Il a quitté votre mère et vous ne l'avez pas revu depuis vos douze ans ?

— Oui. À quatorze ans, j'ai trouvé son adresse et essayé de lui rendre visite. Je voulais lui expliquer que ma mère allait mieux et que nous pourrions… je ne sais pas, reprendre contact ? Mais il n'a pas voulu me voir, ni me laisser voir mon frère. C'est une de ses domestiques qui m'a dit de rentrer chez moi.

Marnie parlait d'une voix calme, contrôlée, comme on délivre un rapport au tribunal.

— Il a dû emménager dans le quartier. Je n'en savais rien.

— Je suis navré.

Un élan de compassion l'envahit, mais Marnie se contenta de hausser les épaules.

— Non, ce n'est pas grave. C'est de l'histoire ancienne.

Elle lui sourit largement, trop largement.

— Vraiment, cela n'a aucune importance.

— Cela me semble important, à moi.

— Ça l'était à l'époque. Mais la vie continue.

— Tout de même. Il ne voulait pas vous revoir ? Quel genre de père ferait ça ? C'est terrible.

Il leva les yeux vers le ciel, pensif, puis laissa échapper un petit rire amer.

— Je ne sais pas pourquoi je suis surpris. Je ne connais mon père biologique que depuis quelques mois. Au début, j'étais très en colère. Totalement brisé, aussi. Il n'avait pas voulu de moi à ma naissance. Il veut peut-être se mêler de ma vie maintenant, mais lui et ma mère m'ont bel et bien fait adopter. Il répète qu'il m'a toujours aimé. Qu'il nous a cachés, moi et mes sœurs, pour notre sécurité. Mais les actes en disent plus long que les paroles, non ?

— Mon père est un perfectionniste égoïste et égocentrique.

— Mon père aussi. Et je ne veux jamais être comme lui.

— Bonne résolution, dit-elle en riant.

Elle bifurqua vers les hautes portes de leur immeuble, mais il l'arrêta en posant une main sur son épaule.

— Hé. Nous avons rendez-vous avec des croissants et du café, vous vous souvenez ?

— Oh ! C'est vrai. Mais… J'espérais plutôt prendre un chausson aux pommes.

Devant son expression penaude, il rit doucement.

— Tout ce que vous voudrez, Marnie.

À la boulangerie, elle s'arrêta devant la vitrine, les yeux brillants, et contempla chaque pâtisserie comme on contemple des bijoux. Il aurait aimé lui proposer d'en prendre deux, trois, une dizaine, mais quelque chose le retint. Si son père vivait sur Park Avenue, il devait être très riche. Et pourtant, elle travaillait comme nourrice, parce qu'elle et sa mère vivaient modestement.

Marnie et lui-même avaient connu des trajectoires opposées. Elle était née dans le confort et la richesse, et avait perdu tous ces privilèges du jour au lendemain. Il était fils d'ouvriers, et venait de se découvrir milliardaire.

Et il se plaignait de son sort ?

Il aurait mieux fait de se taire.

Malgré sa compassion, un pincement de suspicion le tenaillait. Est-ce qu'il n'était pas étrange que Marnie lui confie quelque chose d'aussi personnel ? Elle le connaissait à peine. En tant qu'avocat, il était habitué à ce que ses clients lui parlent de leurs problèmes ; mais il n'était pas son avocat. Il était son patron.

Ses demi-sœurs et Jace, le chef de l'équipe de sécurité préposée aux Hinton, l'avaient déjà prévenu. Hériter de l'énorme fortune Hinton comportait quelques risques. Des inconnus essaieraient de l'amadouer, de l'arnaquer, de lui soutirer de l'argent d'une façon ou d'une autre, et…

Non. L'idée était si choquante qu'il secoua la tête. Marnie était quelqu'un de bien. Il en avait l'absolue conviction. Elle avait eu une vie difficile, elle avait travaillé dur, et elle ne mentirait pas sur ce sujet.

Même la façon dont elle dévorait les pâtisseries du regard lui prouvait sa sincérité. Lui aussi avait connu des temps plus difficiles. Lui aussi avait travaillé, économisé, regardé arriver les fins de mois avec angoisse. Il connaissait cette fierté particulière qui consistait à se contenir pour ne jamais aller trop loin, ne jamais exploiter la générosité d'autrui, de peur d'avoir l'air intéressé. Il ne lui achèterait pas plusieurs gâteaux, parce qu'il l'aurait mise mal à l'aise.

Elle opta finalement pour le chausson aux pommes, et ils rentrèrent à la maison en bavardant. Une fois dans l'appartement, il dut s'y reprendre à plusieurs fois pour retirer la laisse de Canaille, qui tournait autour de lui en jappant.

— Votre école de dressage ne lui ferait pas de mal.

— J'ai une liste d'options sur mon ordinateur. Je peux vous l'envoyer par mail ?

— Merci beaucoup.

Marnie installa Rex sur sa chaise haute et lui servit un peu de lait avant d'allumer la cafetière.

— Un café avec votre croissant ?

— Oui, mais je m'en occupe. Vous n'êtes pas ma domestique, vous vous souvenez ?

Elle sourit, un peu timidement.

— Je peux quand même vous faire un café. Si je ne suis pas votre domestique, nous pouvons être amis. Nous vivons ensemble. Nous allons nous croiser régulièrement. Autant travailler en tandem, non ?

De nouveau, un soupçon désagréable le traversa. Bon Dieu, Mark Hinton l'avait rendu paranoïaque. Voilà qu'il confondait gentillesse et duplicité. Voulait-il donc tout gâcher ? Il ne s'était pas senti aussi à l'aise avec qui que ce soit depuis des mois.

— D'accord, vous avez gagné. Un expresso, s'il vous plaît. Et puisque nous sommes amis, vous pouvez aussi me tutoyer et m'appeler Danny.

Il déposa le lait et le sucrier sur l'îlot pendant qu'elle préparait deux tasses, puis ils s'assirent ensemble, chacun avec leur pâtisserie encore tiède. Elle mordit dans son chausson, les yeux fermés, et soupira de plaisir.

— Oh ! mon Dieu. C'est beaucoup trop bon.

— C'est la meilleure boulangerie du quartier, dit-il souriant.

Il y avait quelque chose de si familier, de si intime dans cet instant de confort partagé. Encore et encore, le sentiment que Marnie était *faite* pour être à ses côtés le frappait comme une révélation. Était-il simplement soulagé d'avoir trouvé quelqu'un dont la vie était aussi sens dessus dessous que la sienne ?

— Je crois que nous avons beaucoup de choses en commun, dit-il, pensif.

— Ah bon ? Comme quoi ?

Elle leva les yeux vers lui. Un éclair de désir l'électrisa lorsque leurs regards se croisèrent. Il l'ignora avec détermination. Non seulement être attiré par la nourrice de son fils était ridiculement cliché, mais Marnie semblait avoir besoin d'un ami autant que lui.

— Nous avons tous les deux vécu dans des conditions modestes.

Elle but une gorgée de café en jetant un regard alentour.

— Tu es monté en grade, depuis.

— Mais je n'oublierai pas mes origines.

— Je comprends. Je préférerais oublier les miennes.

— Oui… Un autre point commun. Des pères douteux.

— Je n'ai jamais parlé de lui à personne. Avant toi.

Elle déchira un morceau de chausson aux pommes et détourna le regard, pudiquement. Dieu merci. Il aurait pu se noyer dans les profondeurs émeraude de ses prunelles, et dans la certitude qu'il était là où il devait être, qu'il avait trouvé un port d'attache. Il avait l'impression de pouvoir lui confier tout ce qu'il avait sur le cœur, et plus encore.

Plus ? Non. Il se faisait des illusions. Il avait passé une nuit avec une inconnue et elle lui avait caché sa grossesse. Ses parents ne lui avaient jamais dit qu'il était adopté. Son père biologique martelait qu'il aimait ses enfants, mais il avait vécu des années sans jamais les contacter.

Même si Marnie n'avait pas été la nourrice de Rex, même s'il n'avait pas craint les conséquences qu'un statut différent et une relation d'employée à employeur entraînaient, il n'aurait pas pu envisager une relation avec elle. Il avait vécu dans le mensonge trop longtemps, trop souvent. Faire confiance à quiconque le terrifiait. Il se méfiait même *d'elle*. Il passait son temps à se demander ce que les autres lui cachaient, quel hideux secret rôdait dans l'ombre.

Et quand Marnie lui avait confié le sien, il s'était immédiatement demandé si elle était honnête. Il avait honte de sa réaction, mais il savait la reconnaître pour ce qu'elle était : une angoisse irrationnelle qu'il devrait apprendre à surmonter, lentement. Alors non ; il n'était pas prêt à avoir une relation. Il ne voulait faire souffrir personne. Et peu importait qu'elle soit la plus jolie femme qu'il ait jamais vue, ou que son sourire soit doux et chaleureux, ou qu'être assis ici avec elle le rende douloureusement heureux, ou que…

Il se leva d'un bond. Il avait perdu la tête ! Il ne pouvait pas laisser ses pensées divaguer ainsi dès qu'il était en sa compagnie !

— Je… Rex et moi appelons mes parents à cette heure-ci.

— Vos parents adoptifs ?

Une question anodine. Dieu merci, elle n'avait pas remarqué son trouble. Et il ne pouvait pas continuer sur cette voie. N'avait-il pas assez de problèmes ? Un fils à élever, des collègues qui peinaient à comprendre son nouveau statut, un père tout récent et horriblement encombrant ?

Il souleva Rex dans ses bras.

— Oui. On fait un appel vidéo par semaine.

Elle lui sourit. Un frisson le parcourut. C'était fou. Il la connaissait à peine. Rex dans les bras, il prit la fuite.

5.

Pour que Marnie puisse terminer de s'installer, Danny s'occupa de Rex pendant le reste de la matinée. Au déjeuner, elle reprit les choses en main, et il la rejoignit dans la chambre de Rex à l'heure de la sieste. Il resta en arrière pendant qu'elle changeait le bébé. Non pas qu'il ne veuille pas s'occuper des couches ; mais il observait encore les réactions de son fils. Marnie lui semblait peut-être parfaite, mais elle était en période d'essai. Le bien-être de son fils passait avant tout sentiment de partialité.

Elle bavardait gaiement avec lui en changeant sa couche, et Rex gloussait joyeusement. Une douceur inattendue s'immisça en lui. Après avoir reboutonné le petit pantalon, Marnie souleva Rex dans ses bras et le serra contre sa poitrine. Rex lui rendit son câlin, lové entre son cou et son épaule. C'était clair : son fils et Marnie s'entendaient à merveille.

La sonnerie de son portable le ramena brutalement à la réalité. Il poussa un soupir en voyant le nom sur l'écran.

— Il faut que je décroche.

— Pas de problème ! Je vais le coucher.

— Merci, Marnie.

Il s'éclipsa et ferma la porte derrière lui. Il se sentait un peu mieux, un peu plus stable. C'était la première fois qu'il engageait une employée à domicile. Peut-être avait-il été trop bavard et trop familier, mais il apprendrait bien vite à garder la distance adéquate. Elle était trop précieuse pour son fils. Il ne risquerait pas de troubler cette nouvelle sérénité pour un sentiment aussi inapproprié, surtout alors qu'il n'était pas certain de lui faire entièrement confiance.

Il termina son appel dans son bureau et la retrouva dans la cuisine, assise devant l'îlot central, le nez dans les notes d'Alisha.

— Je n'ai jamais vraiment eu de nourrice à domicile, je ne suis pas sûr du protocole. Sommes-nous censés déjeuner ensemble ?

— Parfois, j'imagine, si tu veux discuter de quelque chose avec moi ? Pendant mes autres missions, je me faisais un sandwich et j'allais réviser dans ma chambre, mais j'ai eu mon diplôme en mai.

— Oh ! oui, Shirley l'a mentionné.

— J'ai pris un temps fou parce que je ne pouvais pas payer le programme à plein temps. Maintenant, je peux passer à l'étape deux de mon plan de carrière.

— L'étape deux ? J'avais bien spécifié que j'espérais trouver une nourrice à long terme, n'est-ce pas ?

— Je ne compte pas t'abandonner, promit-elle avec un petit rire. J'aimerais ouvrir ma propre agence de garde d'enfants, mais j'aurais besoin d'au moins dix ans. Sincèrement… Le salaire que tu proposes va beaucoup m'aider à faire de mon rêve une réalité.

Il déposa du pain, un couteau et de la viande froide sur le plan de travail.

— Plutôt dinde ou jambon ?

— Plutôt jambon. Avec de la moutarde, si tu en as ?

— J'ai tout, acquiesça-t-il en préparant deux sandwichs.

Il lui tendit le sien et s'installa en face d'elle, apaisé. Une conversation normale. Pas d'étrange attraction, pas de soupçons, pas d'anxiété inutile.

— Parle-moi de cette agence, alors.

— J'aimerais proposer des services spécialisés. Notamment, des gardes ponctuelles ou hebdomadaires, en intégrant l'art et la musique dans le quotidien des enfants.

— Oui, tu as étudié les effets de la culture sur le développement personnel, c'est ça ?

— Exactement, répondit-elle en souriant, visiblement touchée qu'il s'en souvienne. J'aimerais que Rex profite de tout cela en grandissant.

— Je pense que c'est une très bonne idée. Et tu penses devoir travailler pour moi environ dix ans pour économiser assez d'argent ?

Elle hocha la tête et mordit dans son sandwich.

— Pourquoi ne pas faire un emprunt ou chercher des investisseurs ?

Elle leva les yeux au ciel.

— Tu connais beaucoup de gens qui voudraient investir dans une agence de garde d'enfants ?

— Tu serais surprise.

— Je n'ai pas de contacts, de toute façon.

— Mais maintenant, tu travailles pour quelqu'un qui en a beaucoup, des contacts. Je ne parle pas de faire la promotion d'un projet qui n'existe pas encore, mais je peux toujours donner ton nom si quelqu'un cherche à investir.

Ses joues s'empourprèrent.

— Oh… C'est très gentil, mais ce n'est qu'une idée. Je vais avoir besoin d'années entières pour la rendre viable.

Il l'avait mise mal à l'aise. Il hocha la tête. Il ne voulait pas s'immiscer dans sa vie, même s'il l'invitait dans la sienne. Pour la première fois, il prit conscience du déséquilibre : il s'était peut-être étonné qu'elle lui parle de son père, mais n'avait-il pas été le premier à lui confier ses secrets ? Elle en savait bien plus sur lui que lui sur elle.

— D'accord, je ne dirai rien. Mais garde l'œil ouvert de ton côté, d'accord ? On ne sait jamais, tu pourrais rencontrer un bon investisseur. N'hésite pas à prendre les noms de mes contacts.

— Merci, Danny.

Elle se leva, sandwich en main.

— Je crois que je vais aller finir ça dans ma chambre. Il faut que j'appelle ma mère.

Elle n'avait pas l'air embarrassé ou en colère, si ? Il espérait qu'il ne l'avait pas fait fuir. Il acquiesça, un peu penaud, mais elle le réconforta d'un sourire radieux avant de quitter la pièce. Il n'y pouvait rien : il aimait en apprendre plus sur cette femme qui travaillait dur pour avancer. Marnie était passionnée par son travail, et elle aurait une influence merveilleuse dans la vie de son fils.

Et puis, parler de rêves et de projets était rassurant. Une conversation neutre. Une conversation entre amis – seulement entre amis.

Après la sieste de Rex, ils jouèrent avec lui plusieurs heures, puis l'installèrent pour dîner. Une fois Rex couché, Danny resta dans la pièce à vivre pour regarder la télé, et Marnie s'éclipsa dans sa suite.

Le dimanche passa tout aussi paisiblement, mais quand lundi arriva, Danny se fit violence pour cacher sa nervosité. Pour la première fois, Marnie était seule avec Rex. Arrivé à son bureau, il les appela plusieurs fois pour vérifier que tout allait bien. Stupide réflexe. Chaque fois, sur l'écran, Rex gloussait à cœur joie, et s'accrochait au cou de Marnie avec adoration. Une fois, il planta même un bisou sur sa joue.

La première semaine se déroula dans la quiétude la plus complète. Pas un seul souci à l'horizon. Pas de bouteille de lait brisée. Ses soupçons s'envolèrent en fumée. La conversation coulait facilement, joyeuse et chaleureuse. Il les retrouvait pour dîner, couchait Rex avec elle. Mark n'essaya pas de lui rendre visite, trop occupé par l'organisation de son mariage avec Penny, la mère de Charlotte. Et Rex, qui s'était habitué à son nouvel environnement, faisait des nuits complètes.

Même sa vie professionnelle s'améliorait : maintenant que la révélation de sa parenté avec Mark Hinton avait perdu de sa nouveauté, tous ses collègues et ses contacts le traitaient de nouveau comme l'un des leurs. Dieu merci.

Une autre semaine passa, puis deux. Les dimanches, Marnie prenait sa journée pour aller voir sa mère, et revenait les lundis très tôt.

Un samedi, Danny se réveilla en souriant. Une joie irrépressible dansait en lui. Dans le moniteur bébé, il entendait Marnie habiller Rex pour la journée. Son bavardage enjoué se mêlait aux gloussements de son petit garçon ; les bruits de la paix et du bonheur. Il bondit hors du lit, le cœur léger.

La vie reprenait enfin son cours. Il allait passer le week-end avec les deux personnes qui lui étaient les plus chères.

Mieux valait ne pas explorer cette dernière pensée. La clarté et l'évidence de ses sentiments. Après tout, n'avait-il pas droit d'être son ami ? Ils se comprenaient, se faisaient rire, rien de moins innocent que cela.

Après sa douche, il les rejoignit dans la cuisine.

— Bonjour ! Tout le monde va bien ?

Rex battit des mains.

— Papa !

Rien n'égalait l'amour absolu qu'il ressentait lorsque son fils l'appelait *papa*. Il rit et embrassa son front.

Le concierge arriva quelques minutes plus tard avec le courrier. Il bavarda quelques instants avec eux, mais refusa le café que Danny lui proposait et repartit à son poste.

— Il a l'air très gentil, commenta Marnie.

— Il l'est, acquiesça Danny en amenant sa tasse à ses lèvres. Il est comme toi ; il a un projet professionnel. Un service hybride entre la conciergerie et la protection rapprochée. Je l'ai mis en contact avec le fiancé de ma demi-sœur. Ils réfléchissent à l'idée de monter quelque chose ensemble.

— Est-ce que tous les gens riches font ce genre de choses ? s'amusa Marnie. Proposer des opportunités professionnelles à des inconnus ?

— Hé, je n'ai pas investi moi-même ! Je me souviens de mes débuts, c'est tout. J'ai peiné à trouver ma place. Je me reconnais dans les gens proactifs, alors je reste à leur écoute.

Pourquoi ne pas leur faciliter la vie et mettre les bons contacts en relation ? Tout le monde est plus heureux ainsi.

— C'est très généreux de ta part.

Absent, il feuilleta son courrier.

— C'est juste… normal.

Normal. Oui. Il était revenu à des réactions normales, sans paranoïa intempestive, sans sursauts d'angoisse. Il voulait vivre sa vie comme il l'entendait, tout simplement. Ses yeux tombèrent sur une enveloppe épaisse et luxueuse. Son ancienne adresse avait été rayée et la nouvelle écrite à côté.

Il sortit la missive et la parcourut du regard. C'était une invitation à une exposition de Sally Millen.

— Hum. Regarde, Marnie, c'est ce soir. J'ai raté le délai pour répondre, mais si j'appelle le coordinateur pour lui expliquer que mon courrier s'est perdu, il me trouvera sûrement une place.

— Vas-y, alors, répondit Marnie. Tu as une baby-sitter à domicile, tu te souviens ?

Il secoua la tête, amusé.

— Justement, non. C'est exactement le genre de soirée où tu devrais aller. C'est une mine d'or pour te faire un réseau. Le vernissage est sponsorisé par les McCallan.

Elle écarquilla les yeux.

— J'ai entendu parler d'eux…

— Tout le monde a entendu parler d'eux. Et tout le gratin new-yorkais sera là ce soir.

— Et tu penses que *je* devrais y aller ?

— Bien sûr ! Pas pour demander de l'argent, mais pour te faire des relations. Je pourrais te présenter.

— Comme la nourrice de ton fils ? grimaça-t-elle.

— Tu veux ouvrir une agence de garde d'enfants, non ?

— Dans dix ans…

— Peu importe. Si tu te montres à une ou deux de ces soirées tous les ans, les grosses fortunes finiront par se souvenir de ton visage, de ton nom. Et quand tu voudras qu'ils jettent un œil à ton projet, ils seront d'autant plus faciles à charmer.

— Tu es fou, martela-t-elle, mais son sourire était ému.

— Je suis sérieux. Nous ne resterons pas longtemps, promis. Une petite heure, pas plus. À moins que tu ne veuilles pas être vue en public avec moi ?

— Non !

Danny avait parlé sur le ton de la plaisanterie, mais Marnie n'avait pas pu retenir son couinement paniqué. Oh ! *non*. Elle n'avait pas honte d'être vue avec lui, pas du tout. Au contraire ; son cœur battait la chamade et… Elle aurait tout donné pour cacher son visage brûlant dans ses mains.

— Marnie. Tu as bien besoin d'un peu de divertissement. C'est une aubaine pour ton futur. Et en plus, ma sœur adore garder Rex. Elle m'a encore appelé hier pour m'ordonner de te licencier avant qu'il ne t'aime plus qu'elle.

Elle rit. Elle était terriblement impuissante, face au charme des Hinton. Les sœurs de Danny leur avaient déjà rendu visite plusieurs fois. Leni était la gentillesse incarnée et Charlotte était un vrai bulldozer. Elles l'avaient accueillie à bras ouverts.

La vie avec Rex et Danny était un vrai bonheur. Mais si elle se ridiculisait à cette soirée mondaine ? Elle ne connaissait rien à la jet-set, elle n'était qu'une…

— S'il te plaît, Marnie. Je préfère y aller avec toi.

Elle releva les yeux. Il l'observait calmement, mais sa voix était teintée de cette même solitude qu'elle avait décelée lors de leur rencontre, lorsqu'il était perdu, fébrile, déterminé à être un bon père, inquiet de ne pas y parvenir. Chaque jour, il prenait un peu plus ses marques, il était plus à l'aise avec Rex et avec ses responsabilités. Chaque jour, il avait l'air plus heureux, plus détendu. Et même si elle n'était pas ici pour s'occuper de Danny, le voir s'épanouir l'emplissait de bonheur. Dieu savait comme elle comprenait le besoin d'avoir un ami, de trouver sa place dans un monde instable…

— D'accord, déclara-t-elle.

Pas parce qu'il était adorable. Pas parce qu'il était beau et aimant et patient. Juste parce qu'elle lui devait bien cela : il était le meilleur patron qu'elle avait jamais eu, après tout.

— … Mais j'ai besoin de quelques heures pour trouver une robe cet après-midi.

— Je vais prévenir Charlotte.

Elle opta pour une petite robe noire, une tenue qu'elle pourrait porter de nouveau et qui lui permettrait de se fondre dans la masse. Elle passa chez sa mère pour lui emprunter sa parure de perles ; un bijou que son père lui avait offert à leur mariage, et que Judy Olsen n'avait jamais pu se résoudre à vendre, malgré les loyers en retard.

Sur le chemin du retour, sa nervosité monta en flèche. Pourquoi s'inquiétait-elle ? Danny avait des origines modestes. Il ne la jugerait pas. Ce n'était même pas un rendez-vous galant. Quant à ses potentiels investisseurs, il ne servait à rien de les craindre ; elle n'avait rien à perdre et tout à gagner.

Et les autres angoisses, ses vieilles, familières angoisses… Elles étaient infondées. Vivre dans la peur de ce qui pourrait arriver ne faisait que la freiner.

Charlotte arriva vers 7 heures et Marnie lui laissa Rex pour aller se changer. À 8 heures, fin prête, elle les rejoignit dans la pièce à vivre, sa pochette à la main.

Charlotte l'accueillit avec un petit sourire amusé.

— Tu es vraiment magnifique.

Marnie rit et tourna sur elle-même.

— Le miracle d'un bain moussant et d'un joli chignon !

Mais elle s'arrêta net lorsque Danny fit irruption dans la pièce. Il se figea, bouche bée, avec le même air interdit qu'elle devinait sur son propre visage. Elle aurait aimé rester là, suspendue, à le boire des yeux pendant des heures. Ténébreux et sexy dans son costume, il était magnifique. Les femmes du vernissage allaient défaillir à son arrivée.

— Oui, oui, chantonna Charlotte. Vous êtes très beaux.

Marnie tenta de reprendre contenance. Danny emplissait entièrement son esprit, avec ses cheveux sombres et ses yeux de velours. Elle peinait à détacher son regard de lui.

— Merci, Charlotte, murmura-t-elle. Cela me rassure.

— Nous ferions mieux d'y aller, lança Danny.

Il traversa le salon et se posta près d'elle. Un frisson exquis vibra en elle lorsqu'elle passa son bras sous le sien. Dieu du ciel, elle s'apprêtait à sortir avec l'homme le plus séduisant du monde.

Sortir ? Non, non. Il voulait l'aider, c'est tout.

Charlotte les suivit jusqu'à l'ascenseur et agita le petit bras de Rex pour leur faire signe.

— On dit au revoir à papa et Marnie ?

Marnie embrassa une joue ronde, et Danny l'autre.

— Bonne nuit, chéri, dirent-ils à l'unisson.

Charlotte arqua un sourcil. Marnie détourna immédiatement le regard. Elle savait à quoi ils ressemblaient : deux parents quittant leur fils pour la soirée. Et cette image faisait crépiter en elle une étincelle ardente.

Une fois dans l'intimité de l'ascenseur, les yeux fixés sur les portes closes, Danny souffla :

— C'est vrai, tu sais. Tu es très belle.

Un plaisir intense et douloureux monta en elle, faisant rougir ses joues, embrasant sa poitrine. Oh ! qu'est-ce qui n'allait pas chez elle ? Elle ne pouvait pas avoir un faible pour son patron. Pourtant, c'était trop tard : elle avait déjà un faible pour son patron. Mais elle pouvait au moins se promettre de ne jamais le laisser transparaître. De toute façon, quelles chances avait-elle ? Danny était riche, brillant, amusant. Il pouvait trouver mieux qu'une nourrice au passé trouble. Elle n'était pas assez irrationnelle pour interpréter son compliment comme autre chose que de la politesse.

— Merci, Danny. Je ne suis pas particulièrement coquette, mais je ne voulais pas me faire remarquer…

— Oh ! tu te feras remarquer.

Son cœur rata un battement. La voix de Danny était indéniablement approbatrice. Peut-être était-il soulagé qu'elle ne l'embarrasse pas devant ses amis ?

— Dans une petite robe noire ? La plupart des invitées seront habillées de la même façon.

L'ascenseur s'immobilisa et s'ouvrit.

— Ils te remarqueront parce que tu es irrésistible.

Son souffle trébucha et son cœur partit au galop. Enfin, enfin, Danny baissa les yeux sur elle. Une flamme dansait dans ses prunelles sombres. Leurs regards s'accrochèrent. Et alors même que son excitation se muait en joie éclatante et qu'elle se sentait devenir euphorique, sa gorge se noua.

Elle n'avait pas le droit de s'attacher à Danny. Si elle tombait un jour amoureuse, ce serait d'un homme normal, dont la vie ne pourrait pas être affectée par son passé. Et il y avait un problème plus immédiat : comment supporterait-elle de travailler pendant des années pour Danny, si leur attraction était mutuelle ?

Elle devait désamorcer cette situation, dès maintenant.

6.

Danny sortit de l'ascenseur d'un pas raide, luttant contre un accès de désir si irrépressible qu'il déboutonna son col.

Il n'aurait pas dû la complimenter ainsi. Non – le compliment aurait été acceptable, s'ils ne s'étaient pas dévorés du regard ensuite. Avec ses cheveux auburn relevés, les yeux verts de Marnie semblaient plus intenses que jamais. Ce regard partagé… Elle avait compris. Il en était certain. Et il était au bord du gouffre, si troublé que ses pensées se mêlaient les unes aux autres, insensées, fulgurantes.

— Ah, tu es facilement impressionné parce que je t'ai habitué à une queue-de-cheval et des pantalons de yoga, lança-t-elle d'un ton léger.

Il rit, un peu soulagé. Avançant dans la tiède nuit d'été, il prit soin de creuser une distance discrète entre eux, mais imita son timbre amusé :

— Non. C'est juste… différent. Ils vont te manger dans la main, au vernissage.

— Je croyais qu'on ne resterait pas longtemps ? Que c'était juste une mission de reconnaissance ?

— C'était l'idée, mais tu ne passeras pas inaperçue.

— Danny, je te le dis, je suis prête à parier que la moitié des invitées seront habillées de la même façon. Tu verras.

Et de fait, arrivés à la galerie, ils se heurtèrent à une vague de femmes en petite robe noire. Marnie éclata de rire devant son air penaud. Dieu merci, elle semblait avoir déjà oublié l'ascenseur et cet… instant de vertige.

La galerie avait été décorée de lumières blanches et d'accessoires marins. Des morceaux de bois saillaient ici et là, comme échoués sur une plage. Les murs étaient parsemés de magnifiques photographies où les lueurs de l'aube scintillaient sur l'Atlantique semblable à un miroir. Des ballons colorés et des coquillages jonchaient le sol. L'ambiance était décontractée, mais chaque objet était indéniablement hors de prix.

Marnie contempla les alentours avec admiration.

— C'est vraiment magique…

Six mois plus tôt, il aurait sans doute réagi de la même façon, frappé par le luxe nonchalant des lieux. Mais, à cet instant, il ne pouvait détourner son regard de Marnie. Seulement parce qu'elle avait l'air heureuse, bien sûr – il pouvait bien savourer l'éclat de ses yeux, n'est-ce pas ?

— La propriétaire est connue pour ses scénographies extravagantes, expliqua-t-il.

— C'est fantastique, la façon dont l'art exposé s'accorde avec le décor…

Il sourit de son enthousiasme et l'entraîna dans les profondeurs de la galerie.

La soirée se déroulait à merveille. Pour la centième fois, elle rit, heureuse d'être aux côtés de Danny. Et pourtant, au fur et à mesure qu'ils s'enfonçaient dans l'exposition, ses entrailles se crispaient d'angoisse. Son père avait toujours adoré ce genre de soirée. Était-il ici ce soir ?

Mais les minutes s'écoulèrent, et elle ne reconnut aucun visage. Ni son père, ni Roger, ni les Martin. Elle inspira profondément et s'autorisa à se détendre. Danny lui tendit une flûte de champagne.

— À ton entrée dans le monde de l'investissement !

Elle fit tinter le verre contre le sien avec un sourire. Elle n'avait rien à craindre. Elle pouvait profiter de sa soirée avec Danny.

Tout était si élégant : les hommes en costume, les femmes en robe de cocktail. Et pour une fois, elle-même ne détonnait pas. Elle était arrivée au bras de l'homme le plus séduisant du vernissage. Elle avait la chair de poule, et quand il frôlait son coude, un frisson de délice courait invariablement sur son échine. Elle aurait aimé se faire croire que le champagne lui avait tourné la tête. Elle n'y parvint pas.

Lorsqu'il posa une main sur ses reins pour la guider dans une autre pièce, elle ferma les paupières et savoura la chaleur de ses doigts. Des vœux impossibles dansaient dans son esprit comme des étoiles. Si seulement elle avait réellement eu sa place ici. Si seulement Danny pouvait la regarder encore avec la passion qu'elle avait entr'aperçue dans l'ascenseur. Si seulement elle avait été libre de glisser sa main dans la sienne, d'oublier les tableaux, de ne voir que lui, de se perdre en lui.

Et était-ce vraiment impossible ? Elle n'était peut-être pas aussi libre qu'elle l'aurait voulu, mais elle n'était pas aussi piégée qu'elle l'avait longtemps cru.

Danny se tourna vers elle. Soudain face à face, si proches que chacun de ses nerfs sembla se tendre sous sa chair, elle retint son souffle. Oh ! elle aurait tout donné pour pouvoir flirter avec lui, pour se hisser sur la pointe des pieds et l'embrasser à perdre haleine…

— Passons aux choses sérieuses, Marnie. Laisse-moi te présenter à deux ou trois personnes d'importance.

Il la contourna et lui fit signe de le suivre.

Bien sûr. Les choses sérieuses. Elle étouffa un soupir. C'était mieux ainsi. Les contes de fées ne prenaient jamais le pas sur la vraie vie. Elle n'était pas Cendrillon, et Danny n'était pas un prince, et un regard étincelant ne se transformerait pas en idylle éternelle.

Danny lui présenta le clan des McCallan : Jake et Avery, Seth et Harper, et Sabrina et Trent.

— Marnie est la nourrice de mon fils, Rex, annonça Danny. Elle pense monter sa propre agence de garde d'enfants dans quelques années.

Marnie saisit la perche au vol.

— J'aimerais proposer un service plus souple. Il s'agirait moins d'offrir une garde quotidienne que des séances hebdomadaires, avec des introductions à l'art, la musique et l'esthétique plusieurs après-midi par semaine.

Sabrina McCallan, une magnifique blonde, haussa un sourcil appréciateur.

— Intéressant.

Avery, la femme de Jake, lui lança un clin d'œil.

— Notre nourrice vous porterait un véritable culte, Marnie. Elle ne dirait pas non à quelques après-midi libres.

Marnie rit, et la conversation s'orienta tout naturellement vers l'art et les peintures exposées. Finalement, la tribu McCallan s'éparpilla dans la galerie.

Au hasard des pièces et des tableaux, Danny présenta Marnie à d'autres grands noms de la haute société new-yorkaise. Certains étaient célibataires, ou plus âgés, et n'étaient pas aussi personnellement investis dans son idée que les McCallan ; et pourtant, Marnie était toujours radieuse. Son sourire le touchait en plein cœur. Il avait pris la bonne décision en l'invitant ici ce soir.

Il était toujours ému de la facilité avec laquelle leurs vies s'entrelaçaient. Comme s'ils s'étaient reconnus tout naturellement, comme des partenaires. Comme… des âmes sœurs. Et chaque fois qu'il prenait conscience de cette évidence, si parfaite, si brûlante, chaque fois qu'il regardait la vérité en face… il dépassait une limite interdite. Il laissait en lui monter le désir de prendre sa main, de se pencher sur elle, de rire avec elle, de voler un baiser complice…

— Je t'avais dit que tu n'avais rien à craindre, murmura-t-il, dans l'espoir d'étouffer la fièvre de ses pensées.

Son regard vert trouva le sien, et sa chaleur lui sembla aussi tangible qu'une caresse. Le désir électrisa ses veines.

— Ce ne sont que des présentations. Ils voulaient être gentils. Polis.

Il aurait voulu l'embrasser. Lui dire qu'elle était la plus belle femme de la galerie. Il déglutit.

— D'expérience, je peux te promettre qu'aucun parent avec

un travail à plein temps n'est *poli* quand tu lui fais miroiter une bonne garde d'enfants.

Elle rit doucement. Ils firent un dernier tour, admirèrent chaque tableau, burent plusieurs coupes de champagne, bavardèrent avec toutes ses connaissances. Il ne voulait pas que la nuit touche à sa fin. Marnie avait l'air si heureuse, si épanouie ; pourquoi mettre un terme à sa soirée ? Il pourrait peut-être l'emmener dîner. Rentrer avec elle à pied, dans la lumière perlée de la lune. Prendre sa main et savourer la fraîcheur de la nuit.

Non. Non. Il enfonça ses mains dans ses poches.

— Je pense qu'il est temps de rentrer.

Elle posa sa flûte vide sur le plateau d'un serveur.

— Oui… J'ai un peu l'impression d'être Cendrillon. Mon carrosse va bientôt se transformer en citrouille.

— Tu traites ma limousine de citrouille ?

Elle rit, mais le regard qu'elle lança à la galerie était mélancolique. Juste vingt minutes de plus, peut-être ? Qu'avait-il à perdre ? Mais non, il ne pouvait pas succomber à la tentation. Ils étaient censés passer en coup de vent, mais étaient restés plus de deux heures. Il n'avait pas mentionné de restaurant dans son invitation initiale ; il ne pouvait pas proposer un dîner maintenant. Pas alors que son esprit était aussi léger et solaire qu'une bulle de champagne, pas quand il était aussi heureux, aussi détendu. Les émotions qui ruisselaient dans ses veines étaient affûtées comme une lame, indéniablement romantiques, indéniablement sexuelles. Cette femme était la nourrice de son fils. Son *employée*. Pas sa compagne.

Le trajet du retour passa en un éclair. Ils montèrent jusqu'à l'appartement en silence. Charlotte et Jace les attendaient. Marnie n'avait encore jamais rencontré le fiancé de Charlotte. Danny proposa un dernier verre à ses invités, mais ils refusèrent et s'éclipsèrent presque aussitôt.

Les portes de l'ascenseur coulissèrent.

Et soudain, ils étaient seuls.

Dans le silence de l'appartement endormi, ils restèrent

quelques secondes immobiles, les yeux encore fixés sur l'ascenseur clos. Puis, elle pivota vers lui.

— Merci encore, Danny. Je me suis beaucoup amusée.

Tout en lui s'était glacé, sauf son esprit, qui bouillonnait follement. À l'écouter le remercier ainsi, il avait l'impression d'être son cavalier. De l'avoir raccompagnée jusque chez elle après un rendez-vous inoubliable. Pouvait-il vraiment ignorer l'évidence ? Tout en elle l'attirait. L'amour qu'elle portait à son fils, la facilité avec laquelle elle s'était lovée dans sa vie et son quotidien, son humour, son intelligence, sa beauté. Marnie était si jolie que son cœur le suppliait sans cesse de faire un pas vers elle, de poser ses lèvres sur les siennes. Et dans ses yeux verts, à cet instant, il voyait le même brasier, tendre et torturé, la même connexion.

Il y avait quelque chose entre eux.

Le besoin de la toucher lui brûlait les doigts, la chair, l'âme. Les secondes duraient des heures. Et il oscillait, tout prêt à succomber…

Canaille se précipita soudain dans la pièce à vivre, ses griffes cliquetant sur le parquet, puis se jeta dans ses chevilles avant un roulé-boulé sur le sol.

Marnie éclata de rire.

— Oh ! Canaille ! s'exclama-t-elle en le soulevant.

Le petit chien dodu, tout frétillant, couvrit son visage de coups de langue énamourés. Après l'avoir serré contre elle, elle le lui tendit.

— Je crois qu'il veut aller se balader, Danny.

Il soutint son regard, le souffle encore haletant. Difficile d'oublier le fantasme de sa peau, de ses lèvres, et de revenir à la réalité. Mais il attrapa le chiot dans ses bras, et elle lui offrit un sourire indéfinissable, si intime que son cœur se serra comme un étau.

Il avait un enfant, un chien, bien trop d'argent, et un père insupportable. Avouer ses sentiments pour la nourrice de son fils ne ferait que compliquer les choses.

Et pourtant, Dieu savait combien il aurait aimé tout risquer…

7.

Marnie se réveilla le lendemain au murmure paisible de son réveil. Elle se levait toujours vers 5 heures, se douchait et s'habillait avant que Rex ne s'agite, autour de 6 heures. Mais, ce matin-là, elle resta quelques secondes au lit. Elle se laissa sombrer dans le souvenir de la veille – moins des images qu'une cascade d'émotions fiévreuses. Son cœur s'était figé dans sa poitrine. Le temps s'était arrêté. Il n'y avait eu que Danny, et le rythme haletant de leurs souffles, et le désir, féroce et vertigineux, un manque qu'elle n'avait jamais ressenti.

Sa raison l'avait forcée à détourner le regard. À fuir. Mais son cœur, son âme et ses fantasmes l'avaient suppliée de rester. D'attendre son baiser. De s'y perdre, juste une fois. Sans avenir, sans obligation. L'apothéose d'une soirée terriblement romantique, peut-être. Et même s'ils avaient voulu commencer quelque chose, après tout, pourquoi pas ? La presse ne s'était pas jetée sur Danny Manelli au vernissage. Ils n'avaient été que deux invités discrets et inconnus. Elle n'avait pas vu son père, ni Roger. Son secret était-il vraiment un obstacle à leurs sentiments ?

Dix ans s'étaient écoulés. Elle avait passé des années à se languir d'une vie normale… Une vie où elle pouvait être elle-même. Une vie où elle pouvait être aimée.

Enfin aimée.

Mais c'était ce désir-là, si dangereux, qui l'avait poussée dans les bras d'un prédateur, dix ans plus tôt. La vie qu'elle menait avec sa mère lui avait semblé si nue, si solitaire. Elle avait tout fait pour trouver sa place…

Et elle en avait payé le prix. Elle préparait le petit déjeuner de Rex dans la cuisine quand un sanglot éclata dans l'appartement silencieux. Elle posa le gobelet sur l'îlot et courut dans la chambre de Rex.

— Trésor, que se passe-t-il ? Tu t'es réveillé en avance ?

Elle le souleva tendrement, et Rex se pelotonna dans ses bras. Elle le serra contre son cœur avant de le déposer sur sa table à langer. Il continuait de pleurer.

Après l'avoir changé, elle l'étreignit de nouveau et chuchota des encouragements contre sa tempe humide.

— Pourquoi pleure-t-il ?

Danny les avait rejoints sans faire de bruit. Son pouls partit au galop. Les joues ombragées d'une barbe naissante, les cheveux encore ébouriffés par le sommeil, il était torse nu, solide et rassurant. Elle aurait tout donné pour poser sa tête contre sa poitrine et écouter le battement régulier de son cœur.

— Je ne sais pas vraiment, dit-elle, mais sa voix tanguait dangereusement. Retourne te coucher, je vais lui donner son petit déjeuner. Peut-être qu'il a faim ?

— Non, je vais t'aider.

Il se pencha sur elle pour prendre Rex. Leurs regards se trouvèrent, et elle s'y perdit un instant. Le souffle court, l'échine parcourue d'un frisson, elle laissa toutes les possibilités de la veille embraser ses veines. Les yeux sombres de Danny étincelèrent.

Rex se tortilla pour rejoindre son papa. Danny l'enlaça en caressant ses boucles blondes.

— Qu'est-ce qui se passe, Rex ? murmura-t-il.

Rex se contenta de pleurer plus fort, mais se lova toute de même contre l'épaule de son père.

— Tu veux du lait ?

Une fois dans la cuisine, Marnie remplit le gobelet en plastique et le leur tendit ; Rex le jeta sur le sol sans autre forme de procès. Le couvercle sauta et le lait éclaboussa le carrelage.

— Décidément, je crois que Rex préfère son lait par terre, plaisanta Danny.

Marnie rit, un peu soulagée.

— S'il ne veut pas de petit déjeuner, quelque chose ne va pas. Peut-être qu'il fait ses dents ? Laisse-moi voir…

Dès qu'elle entreprit de toucher ses gencives, Rex cessa de sangloter. Elle appuya doucement sur le relief d'une molaire.

— Oui. C'est une dent.

Rex renifla piteusement. Danny lui câlina la tête en le serrant contre son cœur.

— Qu'est-ce qu'on peut faire ?

— Manger quelque chose l'aidera peut-être. Mâcher engourdit les gencives. Sinon, on pourra lui donner un petit analgésique.

— Oh… Sa mère m'en a parlé. J'avais oublié.

— Elle a laissé des médicaments ?

— Oui. Je suis désolé, je…

— Ce n'est pas grave ! On ira au parc après le repas, alors. Si on joue avec lui comme si notre vie en dépendait, il oubliera peut-être de pleurer. Ne t'inquiète pas, Danny.

Le sourire de Danny était fragile.

— D'accord. Bonne idée. Merci.

— Va chercher l'analgésique. Je vais essayer de le faire manger, dit-elle en reprenant Rex.

Elle prépara à Rex un bol de banane écrasée et de flocons d'avoine et le laissa s'alimenter à son rythme pendant qu'elle épongeait le sol de la cuisine. Après le petit déjeuner, Danny donna une cuillère de sirop à son fils, et Marnie l'habilla pour leur balade.

Ils se promenèrent dans le parc avec Canaille. Rex, de bien meilleure humeur, gloussait dans sa poussette. Comme il faisait beau, ils s'assirent finalement sur un banc. Les yeux écarquillés, Rex observait les alentours avec curiosité en mâchouillant un joujou en plastique.

— C'est bon pour lui, pas vrai ? s'enquit Danny.

— Oui. Mâcher soulage ses gencives. Ne t'inquiète pas, j'ai lavé le jouet avant de partir.

— Je ne m'inquiète pas. Tu sais ce que tu fais.

Il lui sourit, les yeux dans les siens, et elle détourna bien vite les siens, de peur de rougir jusqu'à la racine des cheveux. Elle ne se trompait pas – il y avait de la tendresse dans ses prunelles, n'est-ce pas ? Elle brûlait qu'il l'embrasse – elle craignait qu'il l'embrasse. Tout allait si vite. Danny était son patron, et elle avait tant de choses à perdre…

— Hier soir…, souffla-t-il.

Elle ferma les yeux, juste une seconde, avant de lever le regard vers lui. Fuir ne servirait à rien. Elle aimait sa sincérité, et elle voulait être sincère aussi.

— Hier soir, j'ai failli t'embrasser, reprit-il.

— Je sais…

Il inspira profondément.

— Je veux que tu saches que je ne le ferai pas. J'ai trop besoin de toi. Et je n'ai pas envie d'être un cliché.

— Un cliché ? répéta-t-elle en souriant.

— Tu sais… Un homme qui tombe amoureux de la jeune, belle nourrice ?

Belle ? Quand l'avait-on jamais trouvée *belle* ? Sa mère lui avait dit qu'elle était élégante, la veille. Danny avait complimenté sa tenue, lui aussi. Mais c'était différent. Ce compliment-là venait du cœur.

— Et moi, alors ? La nourrice qui tombe amoureuse de son beau patron ? Nous serions tous les deux des clichés.

— Je vois. Le vrai problème, c'est que nous sommes tous les deux beaux, acquiesça Danny, solennel.

Elle rit et tapa malicieusement son épaule.

— Arrête !

— Hé, je suis sérieux ! Tu sais, j'ai failli engager une autre nourrice, plus vieille, et… Elle était très bien ! Mais je ne crois pas que j'aurais voulu l'embrasser, elle.

Elle étouffa un éclat de rire derrière sa main.

— De pire en pire…

— Non, je… Ce n'est pas juste à propos de toi et de Mary Poppins, promis, s'exclama-t-il en riant à son tour.

— Mary Poppins ?

— Elle m'a fait penser à Mary Poppins. Mais revenons à nos moutons. Tu me trouves beau ?

— Tu es ridicule.

— Ridicule et très, très heureux. Heureux depuis que tu es arrivée pour m'aider avec Rex, Marnie. J'avais oublié ce que cela voulait dire. Et j'ai peur de confondre attraction et soulagement.

La bonne humeur de Marnie s'évanouit.

— Qu'est-ce que tu veux dire ?

— Je suis *soulagé*. J'étais perdu, et maintenant, un de mes plus gros défis me semble moins insurmontable. Quand tu m'as rencontré, j'étais obnubilé par mon père à moitié fou, les mensonges de mes parents adoptifs, la dissimulation d'Alisha. J'ai encore beaucoup à faire pour retrouver un semblant de stabilité. Je n'ai ni le temps, ni l'espace pour commencer une relation. Et pourtant… Tout, avec toi, vient naturellement, et me semble si facile… Alors peut-être que c'est simplement du soulagement ? Peut-être que j'ai trouvé quelqu'un pour m'épauler, et que je confonds cette nouvelle forme de sérénité avec un fantasme romantique ?

— Oh…

Elle inspira profondément et se força à hocher la tête.

— C'est vrai. Tu me proposes le meilleur salaire de ma vie et tu m'aides à monter mon projet professionnel. Il y a un peu de soulagement de mon côté aussi.

— Et nous avons déjà établi que nous sommes tous les deux séduisants. Il se pourrait que nous imaginions quelque chose qui n'existe pas.

La déception montait en elle insidieusement, mais elle l'ignora de toutes ses forces.

— Tu as raison, Danny.

Il lui sourit largement, visiblement apaisé.

— Je suis content que nous en ayons parlé. Sinon, nous aurions passé notre temps à nous inquiéter pour rien.

Oh ! elle avait de l'expérience en la matière. S'inquiéter de croiser les hommes qui lui avaient fait du mal. S'inquiéter de voir sa mère rechuter. S'inquiéter que Danny ne soit pas attiré par elle autant qu'elle l'était par lui…

— C'est vrai, j'ai tendance à intérioriser mes angoisses.

— On pourrait apprendre à corriger ça ensemble.

— Exactement. Restons sincères l'un avec l'autre. Ma vie avec vous m'est précieuse, vraiment. J'aime Rex de tout mon cœur, et je suis bien chez toi. Je me sens à l'aise avec Oswald, avec ta famille, dans ton quartier…

— Alors nous sommes d'accord ? Ce qu'il y a entre nous… Ce n'est pas romantique ?

— Nous sommes d'accord. Ce serait stupide de mettre notre entente en péril.

— Exactement. Pas d'inconfort entre nous. Allons manger ensemble entre amis, pour commencer.

— Oh ! avec plaisir. Pourquoi avons-nous sauté le petit déjeuner, déjà ?

— Pour avoir une excuse de passer à la boulangerie. Et cette fois, prends deux chaussons aux pommes, Marnie.

— Quoi ? dit-elle amusée. Et pourquoi donc ?

— Nous sommes amis, non ? Plus besoin d'être timide avec moi. Si tu *veux* deux chaussons aux pommes, prends deux chaussons aux pommes. Si tu veux un croissant en plus, prends ça aussi. Soyons nous-mêmes, l'un avec l'autre.

Elle cligna des yeux, frappée par une vague de reconnaissance. Être *elle-même*. Après s'être cachée pendant dix ans. Elle avait mis sa vie, ses désirs et ses ambitions en pause. Et voilà qu'elle avait vingt-six ans, son père n'avait jamais repris contact avec elle, sa mère était sobre depuis longtemps, et le passé lui semblait très loin.

S'était-elle inquiétée pour rien pendant toutes ces années ?

Elle se leva avec un sourire. Le ciel semblait soudain plus coloré. Rex riait aux éclats sous les coups de langue d'Oswald. Elle inspira profondément.

— Ça tombe bien, je suis affamée.

— Tous à la boulangerie, alors, annonça Danny.

Marnie semblait avoir accepté ses arguments sans hésitation. Elle était radieuse, heureuse. Rex était visiblement épanoui, malgré ses gencives douloureuses. Leur week-end passa en un éclair. Et pourtant, lundi matin… Danny était toujours tracassé. Plus tracassé que jamais.

Il avait bien défendu sa cause, mais il ne lui avait pas fallu bien longtemps pour comprendre qu'il s'était trompé – qu'il s'était menti. Marnie lui plaisait vraiment. Et comment avait-il réagi ? En la dissuadant d'aller plus loin.

Il aurait dû l'embrasser samedi soir.

Si elle avait démissionné, il aurait pu lui proposer de commencer quelque chose. Aller dîner, peut-être.

Si elle n'avait pas démissionné, ils auraient trouvé une solution. Une nouvelle dynamique.

Mais non, il avait préféré lui offrir une porte de sortie. Et maintenant, voilà où il en était : à faire semblant d'être *juste* ami avec la femme qui le rendait euphorique, avec la femme qui devenait petit à petit la figure maternelle de son fils. Il avait laissé passer sa chance.

Après une longue journée au tribunal, il rentra à la maison épuisé et de mauvaise humeur. Pendant le dîner, Rex renversa son jus d'orange. Canaille avait fait pipi dans la cuisine. Marnie géra les deux incidents sans difficulté.

Elle s'éclipsa après avoir couché Rex. Danny abandonna la pièce à vivre pour la salle de jeux, où il avait fait installer une immense télé. Il alluma le match de base-ball, rassembla les billes sur la table de billard, et attrapa une queue.

Il joua deux parties machinalement, l'esprit ailleurs.

— Hé, Danny.

Il sursauta. Marnie était appuyée contre le chambranle.

— Oh ! Désolé, je t'ai réveillée ? J'avais oublié que j'étais près de ta suite.

— Non, non, je ne t'ai pas entendu. Mais j'ai remarqué que tu étais un peu stressé pendant le dîner, donc…

Elle lui sourit, hésitante. Il se redressa, analysa la position des billes sur la table de billard, et se pencha pour tirer.

— C'est souvent le cas après une journée au tribunal. Tu dois composer avec deux partis qui pensent tous les deux avoir raison, et la conversation s'envenime rapidement.

La queue glissa entre ses doigts ; la bille frappée heurta les autres avec un claquement sonore.

— Je m'occupe surtout d'affaires de patrimoine. Quand je suis envoyé au tribunal, c'est que la famille se déchire pour de l'argent.

Il frappa de nouveau ; la bille rouge plongea dans une poche. Il hocha la tête, satisfait.

— Et ce n'est jamais très agréable, conclut-il.

— Je m'en doute, dit-elle en s'asseyant sur le canapé, une jambe sous ses jolies fesses, un bras sur le dossier.

Elle était adorable de s'inquiéter pour lui, mais elle ne comprenait sans doute pas : plus il la voyait, et plus il la désirait. Ce soir, avec ses nerfs à vif, il peinait à cacher sa convoitise.

— Je n'ai pas de grande famille, donc je n'ai jamais vécu de grandes querelles, avoua-t-elle. Ma mère est orpheline. Mon père n'est pas proche de ses parents. Pour les fêtes, mon père invitait ses clients, pas ses proches.

Il brûlait de tout savoir d'elle, de partager sa journée avec elle, mais n'était-ce pas justement le problème ? Ils construisaient un lien auquel il ne pourrait pas résister…

— Et c'était… bien ? demanda-t-il.

— Non, dit-elle avec un demi-sourire. Et toi ?

Penché sur la table, il leva les yeux. Le regard vert de Marnie était chaleureux, amical. S'il ne répondait pas, elle comprendrait que quelque chose n'allait pas.

— Avant de rencontrer Leni et Charlotte, je n'avais pas de frère et sœur. Mes parents n'ont pas réussi à adopter un autre bébé. Mais j'ai des millions de cousins.

— Vraiment ? Et c'était comment ?

Le souvenir d'une semaine de vacances au bord d'un lac lui revint, et, bizarrement, il s'entendit rire.

— Chaotique. On terrorisait tous la plus petite.

— Danny !

— Hé, nous étions presque tous des garçons, et on jouait dans les bois. Si on trouvait un serpent par hasard, il était absolument indispensable de la poursuivre avec, non ?

Elle éclata de rire. Il avait fini sa partie. Il aurait dû retourner dans sa chambre. Et pourtant, maintenant que le stress s'amenuisait, maintenant que ses muscles s'étaient détendus… Il voulait rester avec elle. Il lui fit signe de le rejoindre à la table. Comme d'habitude, être avec elle lui faisait *quelque chose*. Quelque chose d'irrésistible.

— Tu sais jouer ?

— Pas trop mal, susurra-t-elle.

— Hum. Ça ne me dit rien qui vaille.

— Disons que je sais ce que je fais.

Elle s'avança vers le mur, et choisit une queue pendant qu'il cassait le triangle. Elle choisit les billes rayées et en empocha trois à la suite. Pliée sur la table pour tirer, ses fesses divines et offertes dans son pantalon de yoga, elle était…

Il retint son souffle et détourna difficilement le regard.

Ils échangèrent quelques coups. Pendant qu'il étudiait la table, elle s'enquit :

— Que se passe-t-il d'autre au tribunal ?

Sur le principe, une conversation neutre était la meilleure tactique pour leur changer les idées ; mais la voix de Marnie était trop basse, trop essoufflée. Le sang de Danny bouillait dans ses veines.

— Nous essayons de piéger les témoins du parti opposé.

Il tira, et, sans surprise, rata son coup. Elle reprit sa position, appuyée sur la table. Il fixa le plafond.

— Donc ton travail, c'est de piéger les gens ?

— Non, mon travail, c'est de trouver des failles de langage ou de réflexion dans les lois, les contrats, les précédents, afin de soutenir mes arguments.

— Hum-hum. Un escroc, donc, s'amusa-t-elle.

— Non ! s'écria-t-il, piqué au vif. Non. Mon travail, c'est de débusquer les escrocs, justement.

Il songea à son père. Mark Hinton… Un escroc de luxe. Et il n'était pas comme lui, certainement pas.

— Ton éthique est admirable, Danny.

Il leva les yeux vers elle. Elle lui souriait, les joues rosies, le souffle trop court. Presque toutes les billes étaient empochées. Il restait à tirer la bille 8. Mais il ne voulait pas gagner ; il voulait faire un pas en arrière, s'appuyer au sofa, et boire Marnie des yeux pendant des heures. Ses mouvements étaient souples et assurés. Elle était plus excitante que jamais.

Elle tenta la 8, manqua le coup. Elle fit un pas pour s'éloigner, il fit un pas pour prendre sa place ; ils se rencontrèrent au coin de la table, soudain face à face, trop proches, trop fiévreux.

Ils avaient déjà joué cartes sur table. Ils avaient parlé de ce qu'ils ne feraient pas. De leur sacro-sainte amitié. Mais à cet instant, après une journée chaotique, les yeux plongés dans les siens, il ne savait pas pourquoi il avait proposé une idée aussi stupide, pourquoi il avait…

Le désir brûlait sa chair, son esprit et son âme, primitif et silencieux. Un instinct profond, venu de l'époque où il était *lui-même*, sans hésitation, sans Mark Hinton, sans enfant. Pendant une seconde, il ne fut qu'un homme affamé, offert à la femme qu'il désirait plus que tout.

— Je croyais que nous ne pouvions pas être ensemble…

— Je ne me souviens même plus de mes arguments, répondit-il d'une voix rauque.

— Nous ne voulions pas être des clichés ?

— Si c'est notre seule raison, elle n'est pas très bonne.

8.

Le cœur de Marnie battait la chamade. Ils étaient si proches qu'elle aurait juré pouvoir entendre celui de Danny.

— Tu es sûr ? murmura-t-elle.

Il pencha son beau visage vers le sien.

— Certain.

Quand leurs lèvres se rencontrèrent, une symphonie de désir et de passion éclata dans ses veines, si déchaînée qu'elle noya ses peurs, emplit son cœur, s'insinua dans son âme. Comment combattre une attraction aussi instinctive, aussi pure ? La logique n'avait aucun poids, face à la dévastation de son baiser.

Sa langue trouva la sienne, experte et exquise. Le désir montait en elle, trop rapide et trop puissant, et lui coupa le souffle. Elle aurait dû être terrifiée ; elle n'était qu'embrasée.

Il recula brusquement. Elle cligna des yeux. Une énergie sauvage et merveilleuse frissonna entre eux. Le temps d'un instant, elle envisagea de se hisser sur la pointe des pieds pour reprendre ses lèvres… Mais la solennité de son regard l'arrêta. Il déglutit difficilement.

— Nous savons tous les deux dans quelle direction va ce baiser et je crois que… nous avons besoin d'y réfléchir encore un peu, non ?

Étourdie, tremblante, elle fit un pas en arrière. Ses mots avaient au moins le mérite de lui rappeler les conséquences de leurs actes. Elle hocha la tête. Il passa une main fébrile dans ses cheveux sombres.

— Je… vais retourner dans ma chambre, dit-il.

— Moi aussi.

Comme aimanté, il recula encore vers la porte sans détourner le regard.

— À demain matin, Marnie.

Il disparut dans le couloir. Elle resta un moment immobile, face à la porte. Ses besoins et ses désirs rugissaient, bataillaient, s'apaisaient avant de resurgir. Mais une chose était sûre : Danny était quelqu'un de bien. Vraiment, vraiment bien. Et elle lui était reconnaissante d'avoir repris conscience avant qu'il ne soit trop tard.

Il aurait pu tirer avantage d'elle. À l'idée du respect qu'il venait de lui montrer, les larmes lui montèrent aux yeux, et une tendresse ineffable envahit son âme.

Elle avait trop souvent cherché l'intimité au mauvais endroit, dans l'espoir de combler le gouffre que son père avait laissé derrière lui. Mais Danny… Danny n'était pas une erreur. Danny n'était pas un risque. C'était elle qui ne méritait pas sa confiance. Elle ne serait jamais à la hauteur. Elle avait brisé ses chances dix ans plus tôt, en laissant Roger Martin briser son existence.

Le lendemain matin, elle nourrissait Rex assis sur sa chaise haute quand Danny entra dans la cuisine pour prendre son café. Son souffle s'accéléra immédiatement, rythmé par les battements précipités de son cœur. Pouvait-elle cacher son trouble ? Elle sentit, malgré elle, sa bouche s'incurver sur un sourire ridicule.

— Bonjour…

Il dépassa promptement la cafetière et l'attira dans ses bras. Ses lèvres capturèrent les siennes, brûlantes et passionnées, et elle se sentit fondre contre sa poitrine solide.

Il rompit le baiser mais la serra dans ses bras.

— Bonjour, répondit-il, les yeux dans les siens.

Elle était incapable de réfléchir dans cette position. Elle ne voulait que lui, tous les jours, toute la vie, désespérément.

— Si cela te convient, on pourrait aller doucement ? Trouver notre rythme ensemble ?

Bien sûr. Il avait raison. Et s'ils avançaient étape par étape, peut-être parviendrait-elle à accorder cette réalité avec les secrets de son passé ? Peut-être trouverait-elle l'harmonie dont elle avait tant besoin ?

— Ça commence bien, parce que c'est le meilleur bonjour de ma vie, plaisanta-t-elle, le cœur frémissant.

Il rit, puis la délivra pour mettre la cafetière en route.

— Tu sais, Marnie, une des choses que j'adore chez toi, c'est que tu es merveilleusement honnête.

Ses mots la frappèrent comme un coup de poing ; sa joie vola en éclats. Honnête ? Elle n'était pas honnête. Elle ne lui avait jamais avoué…

— Tu es toujours toi-même, ajouta Danny.

Ça, c'était vrai. Car Danny la laissait être elle-même. Il l'encourageait, l'écoutait. Avec lui, elle se sentait chérie.

— Je retourne au tribunal aujourd'hui, dit-il en s'appuyant contre le comptoir en attendant son café, sexy et sophistiqué dans sa chemise blanche et son pantalon de costume. Je pars plus tôt pour passer au bureau.

— Tu revois la famille qui se dispute ?

— Oui. J'ai réfléchi à l'affaire hier soir, et je pense avoir trouvé la meilleure façon de régler leur différend. Dès aujourd'hui, avec un peu de chance.

Réfléchi à l'affaire ? Elle l'enviait. Elle n'avait pensé qu'à leur baiser, des heures et des heures d'insomnie passées à revoir chaque détail, savourer chaque sensation, s'inquiéter de chaque ramification.

Danny savait compartimenter alors qu'elle se torturait, analysait tous ses mots, toutes ses réactions. Et pourquoi ? Parce qu'elle avait peur de souffrir encore une fois ? C'était stupide. Même si leur relation n'aboutissait pas, il ne la blesserait jamais consciemment. Il ne l'humilierait pas. Il ne profiterait pas d'elle et de…

Un frisson glacé courut sur son échine. Roger lui avait inculqué la méfiance. Mais, avec Danny, toutes ses règles de conduite et de protection commençaient à se déliter. Lui faire confiance était si facile.

Savait-elle vraiment ce qu'elle faisait ? Savait-elle vraiment ce qu'elle risquait, en offrant son cœur à une passion si intense, si immédiate ?

Il dut partir avant d'avoir pu aller promener Canaille, ce qui l'arrangeait. Elle avait besoin d'un peu d'air. Elle habilla Rex et l'installa dans sa poussette pliante, puis, laisse en main, sortit avec le bébé et le chiot.

Ils saluèrent au passage le portier avant de déboucher dans la rue baignée de lumière. Dehors, elle se sentait déjà un peu mieux. Elle chaussa les lunettes de soleil qu'elle s'était offertes en même temps que sa robe de cocktail, puis prit le chemin du parc. Rex gloussait gaiement. Canaille trottait près d'eux. Tout était parfaitement normal. Sa nervosité s'apaisa petit à petit. Ce qu'elle ressentait pour Danny ne pouvait pas être souillé par l'angoisse.

Elle s'assit sur un banc, allongea la laisse de Canaille pour le laisser gambader, et tourna la poussette face à elle. Rex lui offrit un grand sourire troué.

— On est bien, ici, hein ? demanda-t-elle.

— Oui ! Bien ! annonça-t-il en hochant la tête.

— Oh ! je vois que tu enregistres de nouveaux mots.

— Mots !

Elle rit et planta un baiser sur sa joue.

— Tu es adorable.

Elle se cala contre le dossier du banc et inspira profondément. Le soleil réchauffait sa peau et son âme. La veille, Danny avait dit qu'ils avaient besoin de temps avant d'aller plus loin. Besoin de réfléchir.

Elle voulait reprendre leur parcours depuis le début. Depuis le premier instant, quand elle l'avait trouvé si beau dans son bureau, et jusqu'à ce baiser fatidique. La veille, elle était venue à sa rencontre pour le réconforter. Pour l'aider. Elle voulait toujours l'aider. Et cette compassion n'était pas née d'une simple attraction : ses sentiments pour lui étaient réels et profonds, elle ne pouvait pas le nier.

Malgré sa fortune, malgré sa famille, il était si simple et si généreux. Ils avaient vécu en harmonie immédiate, comme s'il était fait pour elle, comme si elle était faite pour lui.

Pourquoi s'était-elle si longtemps concentrée sur leurs obstacles alors qu'au fond ils n'étaient qu'un homme et une femme normaux ? Qu'ils tombaient tout simplement amoureux, de la façon la plus naturelle du monde ?

Ses peurs fondirent comme neige au soleil. Soulagée, soudain légère comme une plume, elle rit pour elle-même. Rex, émerveillé, se mit à rire avec elle. Voilà un autre trésor : Rex et elle étaient fous l'un de l'autre. Il cherchait toujours sa présence et ses bras. Si elle et Danny décidaient d'avoir une relation sérieuse, Rex ne serait pas malheureux.

Mais s'ils rompaient… Alors elle devrait lui dire adieu.

Canaille, hors de vue, tira brusquement sur la laisse et fit tressauter la poussette. Elle bondit en cherchant le chien des yeux ; il avait dû rester coincé dans un bosquet. Elle attrapa la poussette et suivit la laisse en s'écriant :

— Canaille ! Tu portes vraiment bien ton n…

Elle s'arrêta net. Son père était assis sur le banc de l'autre côté du sentier. Il avait l'air plus vieux, plus émacié que la dernière fois. Malgré la chaleur estivale, il portait un pull.

Il avait levé les yeux en entendant Canaille aboyer ; par-dessus ses lunettes de lecture, il la foudroya du regard.

Marnie retint son souffle, les poumons glacés par le choc. Les mots s'étaient coincés dans sa gorge.

Tout près, un jeune homme s'était glissé derrière le buisson et avait démêlé la laisse. Il lui ramena le chiot.

— Tenez, madame.

Elle était toujours figée, incapable de bouger, de réagir, les yeux fixés sur son père. Avec un soupir agacé, le vieil homme plia son journal et se leva à son tour.

— Si vous n'êtes pas capable de vous occuper à la fois d'un enfant et d'un chien, laissez l'un des deux chez vous. Ou encore mieux : ne vous montrez pas en public !

Les souvenirs la submergèrent. Les critiques. Les insultes. La cruauté qui avait poussé sa mère à boire. Chaque fois qu'ils étaient de sortie, Judy avait dit quelque chose de maladroit, avait trop dansé, trop parlé. Sa mère était peut-être alcoolique, mais son père l'avait poussée à bout ; même à douze ans, elle en avait été consciente.

Et il n'avait pas changé, de toute évidence.

Il s'éloigna d'un pas raide, journal sous le bras. Elle humecta ses lèvres sèches. Elle ne lui avait pas parlé depuis quatorze ans, mais il avait tout de même trouvé le moyen de l'insulter – sans la reconnaître.

Et elle n'était même pas surprise.

9.

En rentrant à la maison, Danny trouva un chiot plein d'énergie, un petit garçon tout sourire, et une nourrice très, très silencieuse. Le regard absent de Marnie l'inquiéta immédiatement.

Oh ! non. Peut-être qu'il avait été trop loin avec son baiser, ce matin-là. Il n'avait pas pu s'en empêcher ; elle était si jolie et si radieuse dans la lumière de l'aube, et…

Il avait cru que l'idée était bonne : proposer de prendre leurs marques petit à petit, de continuer sur leur lancée. Visiblement, il s'était trompé. Devrait-il garder ses distances ? Il ne voulait pas que Marnie se sente obligée de quoi que ce soit. Il s'était juré de toujours lui laisser l'espace de reculer, de refuser. L'espace de lui faire confiance.

— Bonsoir, lança-t-il en prenant le chemin de sa chambre. Laisse-moi juste me changer et je vais faire livrer quelque chose pour dîner.

— Pas besoin, j'ai cuisiné.

Il s'immobilisa à l'entrée du couloir, surpris.

— Juste des côtelettes de veau, marmonna-t-elle.

— *Juste* des côtelettes de veau ? répéta-t-il, amusé.

— Oui ?

Ce soir, ses beaux yeux verts n'étincelaient pas ; sa voix était sombre. Il fronça les sourcils. Décidément, quelque chose n'allait pas. Lorsqu'il revint et s'installa pour dîner, elle se contenta de jouer avec sa nourriture, sans rien avaler, sans rien dire. L'avait-il donc mise si mal à l'aise ? Avait-elle changé d'avis en son absence ? Peut-être n'osait-elle pas le lui dire, de peur de mettre en péril sa position ?

Après avoir débarrassé, il prit son courage à deux mains :

— Tu veux regarder un film avec moi, ce soir ?

Elle leva les yeux. Il retint son souffle. Marnie sourit doucement.

— Avec plaisir.

D'accord. Elle ne voulait pas le fuir, c'était déjà ça.

— Je garderai mes baisers pour moi, promit-il.

Elle rit doucement et ne détourna pas le regard.

— Pas la peine. J'aime tes baisers, Danny.

Oh ! Dieu merci.

— Ça tombe bien, j'aime tes baisers, Marnie.

Elle rit de nouveau. Voilà qui était mieux. Sa bonne humeur était revenue ; ils regardèrent le film comme deux amis, sans se toucher, mais en plaisantant allègrement. Le lendemain, Marnie était de nouveau elle-même.

Il avait décidé d'attendre qu'elle fasse le premier pas.

Le samedi matin, elle proposa d'aller au parc et à la boulangerie, un programme qui était rapidement devenu leur tradition hebdomadaire. Il attacha Rex dans sa poussette pendant qu'elle préparait Canaille, et ils sortirent en bavardant paisiblement. Néanmoins, en sortant de l'immeuble, elle bifurqua dans la direction opposée. Il attrapa doucement son poignet.

— Marnie ? Le parc est de l'autre côté.

— Il y en a un autre par là-bas. Tu ne veux pas essayer ?

Il tenta de dissimuler sa surprise sous un ton léger :

— Il est à plus d'une demi-heure de marche. Rex va vouloir sortir avant ça. Et franchement, je préfère prendre le soleil sur un banc plutôt que de marcher dans le lotissement.

Elle acquiesça d'un sourire, mais il ne manqua pas de noter sa raideur soudaine. Une fois au parc, elle observa les alentours avec méfiance. Il abaissa le frein de la poussette et s'installa près d'elle avec un soupir de bien-être.

— Hum. Quelle semaine, lança-t-il.

Elle ne saisit pas la perche. Elle se contenta de hocher la tête. Elle glissa une mèche derrière son oreille d'un geste distinctement nerveux.

— J'adore mon travail, mais je dois dire que les disputes familiales me font toujours mal au cœur, ajouta-t-il.

Non. Quel idiot – ses parents étaient divorcés, pas vrai ? Ce n'était pas la meilleure chose à dire…

— Enfin, toutes les familles ont leurs problèmes.

Comme elle restait silencieuse, il se tut à son tour. Pourquoi forcer la discussion ? Ils avaient toujours bavardé facilement. Elle lui avouerait ce qui la tracassait quand elle en aurait envie.

Un homme d'un certain âge les dépassa. Il ne dit rien mais fusilla Marnie du regard en marmonnant dans sa barbe. Elle accusa le coup en silence. Quand l'homme s'assit sur un banc tout proche, elle se redressa d'un mouvement fébrile.

— Je suis un peu fatiguée, Danny. On peut rentrer ?

Il leva les yeux vers elle puis jeta un regard à l'inconnu.

— Marnie… C'est lui, ton père ? murmura-t-il.

Elle tripotait nerveusement la laisse de Canaille.

— Il m'a réprimandée la dernière fois parce que j'ai laissé le chien se coincer dans un buisson et aboyer. Il ne m'a pas reconnue. Il a dit… que si je n'étais pas capable de tenir mon chien et mon bébé, je n'avais rien à faire au parc.

Il écarquilla les yeux, choqué.

— Il a dit *quoi* ?

— Partons, Danny. S'il te plaît.

— Non. Même si ce n'était pas ton père, son impolitesse est impardonnable. C'est un parc public !

Il se leva d'un bond et traversa le sentier.

— Hé, vous. Vous avez insulté ma nourrice il y a quelques jours, vous vous en souvenez ?

Il était posté devant le vieil homme, mais celui-ci ne daigna même pas lever les yeux de sa lecture. Danny serra les dents. D'une main impérieuse, il abaissa le journal pour regarder le père de Marnie droit dans les yeux.

— Je vous parle. Ce parc est public. Ma nourrice est l'une

des meilleures dans son domaine. Elle est diplômée, elle est sur le point de monter sa propre entreprise. Elle ne mérite ni votre jugement, ni vos critiques. Ne l'importunez plus jamais, ou vous aurez affaire à plus fort que vous.

Il tourna les talons et, une main sur la poussette, une main dans le dos de Marnie, il partit à grands pas vers l'entrée du parc. Une fois sur le trottoir, il se tourna vers elle.

— Je suis désolé. Je ne suis pas colérique, mais…

— Ce n'était pas une crise de colère. C'était… une réfutation, dit-elle, un peu amusée.

Il sourit, mais il manquait toujours à Marnie la légèreté qu'il lui connaissait si bien, et la voir aussi secouée lui brisait le cœur. Ils rentrèrent sans parler. Une fois arrivée, elle s'éclipsa immédiatement pour installer Rex dans son parc.

Il resta planté dans la pièce à vivre, penaud, sans savoir quoi faire, sans savoir quoi dire. Mais, quand Marnie revint, elle marchait d'un pas volontaire. Elle le rejoignit, glissa une main derrière sa nuque, et l'embrassa passionnément.

Surpris, il répondit à son baiser avec ferveur. Quand Marnie était dans ses bras, il n'était que désir, que plaisir, que besoin. Une émotion aussi indescriptible qu'indispensable s'élevait dans son âme.

C'est elle qui rompit leur lente, érotique étreinte.

— Tu sais depuis combien de temps je rêve de lui dire quelque chose comme ça ?

— Pourquoi ne pas l'avoir fait ?

— Dans ma tête, j'ai toujours douze ans.

— Mais tu n'as plus douze ans. Tu n'as plus besoin d'avoir peur. Tu es adulte, diplômée, douée, tu veux monter ta propre entreprise. Il ne peut plus te toucher.

Elle rit tout bas et caressa sa joue.

— C'était… surréaliste.

Surréaliste, c'était le mot. Surréaliste qu'il ait réagi avant de réfléchir, poussé par un instinct de protection qu'il ne se connaissait pas.

— Tu veux que j'y retourne et que je lui gâche sa journée pour de bon ? proposa-t-il, espiègle.

— Non, tout va bien, maintenant. Tout va mieux.

Elle lui offrit un sourire si plein de soulagement et de bonheur qu'il rit à son tour.

— Tu es sûre ? Dis-moi si tu as besoin de quelque chose.

— J'aimerais aller voir ma mère.

Il cacha sa déception tant bien que mal ; il aurait voulu qu'elle lui parle réellement, mais elle esquivait de nouveau.

— Je n'ai pas pris de jour de congé depuis longtemps… Et elle mérite de savoir que j'ai revu mon père.

— Bien sûr, je comprends.

Il recula en frottant sa nuque lasse. Elle disparut dans sa suite et revint bien vite avec son sac. Elle serra sa main dans la sienne au passage et lui sourit.

— À bientôt, Danny.

Il hocha la tête, faussement léger, et la regarda partir. Une sombre inquiétude le tenaillait soudain ; les soupçons de leur première semaine, ressuscités par les silences fuyants de Marnie. Que lui cachait-elle ? Cette histoire avec son père – cette coïncidence –, c'était si étrange… Avait-elle cherché à trouver un travail dans son quartier, ou était-ce vraiment un hasard ? Elle l'avait croisé si souvent…

Il secoua la tête. Il perdait la tête. Marnie ne pouvait pas simuler leur complicité, n'est-ce pas ? Elle semblait avoir été faite pour lui. Tout était si facile…

Facile ? Oui, trop facile. Brusquement, son bien-être faisait hurler en lui une sonnette d'alarme. Et si même leur entente était fondée sur un mensonge ?

Il se souvenait de leur première sortie, des aveux trop spontanés de Marnie. Et si elle avait simplement voulu reprendre contact avec son père ? Si elle avait accepté ce travail pour pouvoir l'accoster, en utilisant Danny pour briser la glace ? Elle était partie si vite, aujourd'hui, toute prête à faire son rapport à sa mère ; pourquoi donc ? Pour extorquer de l'argent à l'homme qui les avait abandonnées, peut-être ?

Il laissa tomber sa tête dans ses mains. Bon Dieu.

Il ne savait pas que penser. Était-il en train de succomber à une arnaque de bas étage ? Ou Mark Hinton et ses crises de paranoïa l'avaient-ils rendu fou à son tour ?

10.

— C’est normal que tu te méfies, assura sa demi-sœur Leni en s’asseyant dans un des fauteuils bleus. Danny, tu viens de te découvrir milliardaire. Il y a encore quelques mois, tu ne savais pas que tu étais adopté. Ton père a potentiellement simulé sa mort après avoir fouiné dans ta vie privée. Il a aussi découvert que tu avais un fils caché. Tu éduques ton fils tout seul car Alisha te l’a laissé sans crier gare. Et tu es un très beau parti. Cela fait beaucoup, non ?

Danny s’enfonça sur le canapé et ferma les yeux. Peu de temps après le départ de Marnie, Leni lui avait proposé de passer voir Rex avec des cookies. Il avait encore l’esprit en ébullition, mais il l’avait accueillie avec plaisir. Il avait tenu bon un moment : un café, des biscuits, une conversation neutre et joviale…

Toutefois, quand elle lui avait demandé des nouvelles de Marnie, il n’avait pas réussi à tenir sa langue. Les mots lui avaient échappé comme un torrent d’anxiété.

— J’avais déjà des soupçons le premier jour, quand elle m’a confié ses secrets alors que je n’étais qu’un inconnu. Franchement, je ne sais pas quoi penser. Je crois que je deviens dingue, Leni.

— Ou… Tu pourrais te donner le bénéfice du doute. Tu n’as pas tort. Il y a beaucoup de coïncidences étranges dans cette histoire.

— Nous nous sommes fait confiance si facilement. Je croyais que nous étions des âmes sœurs alors qu’elle m’utilise peut-être depuis le début.

— Hé, attends. Même si elle a profité de cette opportunité pour se rapprocher de son père, cela ne veut pas dire que les sentiments qu'elle te porte sont faux. Tu l'as vue avec Rex…

— C'est vrai. Elle est géniale. Rex l'adore.

— Et tu n'as aucune preuve qu'elle t'a menti ?

— Aucune. Juste des… craintes.

— Charlotte et moi avons vécu ce genre de choses aussi. Découvrir que tu es un héritier Hinton chamboule beaucoup de choses. Tu en viens à douter de tout. Et tu as eu plusieurs mauvaises expériences avec des menteurs… C'est normal que tu essaies de te protéger, Danny.

Elle tapota sa main. Il émit un rire sans joie.

— Tu n'as pas tort.

Les pleurs de Rex filtrèrent dans le babyphone.

— Allons chercher le bébé. On mangera mes cookies et on jouera avec lui. Cela te changera les idées. Tu sais quand Marnie revient ?

— Non, elle ne m'a rien dit.

Peut-être était-ce la véritable raison de son inquiétude. Et si Marnie ne revenait plus ? Si leur dernier baiser était un baiser d'au revoir ? Elle avait vu son père, elle l'avait indirectement remis à sa place. Elle pouvait tourner la page. Et comme prime de départ, elle avait même obtenu les contacts d'une flopée d'investisseurs potentiels.

Il se frotta le front. Il ne savait pas s'il était l'homme le plus stupide de la terre, ou le plus injustement méfiant.

Mais il savait une chose : s'engager si vite avec une femme qu'il connaissait à peine, son *employée*, était une décision hautement imprudente.

— Danny, tu te souviens de la première chose dont tu nous as parlé, avec Charlotte, lorsque tu nous as annoncé que nous étions les héritières de Mark ? s'enquit Leni en posant une main sur son épaule. Tu nous as dit que nous devions rester sur nos gardes. Que des inconnus essaieraient de nous soutirer de l'argent ou des faveurs. Que nos amis risquaient de changer de comportement. Alors je vais te dire la même chose : fais attention à toi.

Il hocha la tête, le cœur lourd de chagrin. Marnie était la plus gentille, la plus généreuse femme qu'il ait jamais rencontrée. C'était lui le problème. C'était lui qui osait mettre en doute la sincérité de celle qui l'avait épaulé depuis le premier jour. Il dégradait leur relation, et il dégradait le sentiment qui les liait l'un à l'autre.

Marnie monta les escaliers de l'immeuble quatre à quatre et entra chez sa mère sans frapper.

— Maman ?

— Par ici !

Grande, mince, avec des longs cheveux auburn striés de gris, Judy Olsen sortit de la chambre et lui sourit.

— Tout va bien ?

— J'ai quelque chose à te dire.

Elles s'installèrent dans le salon. Meublé d'un canapé et d'un fauteuil à fleurs jaunes que sa mère avait achetés d'occasion, la pièce ne pouvait pas être plus différente de l'appartement sophistiqué qu'elle venait de quitter. Tout était un peu trop vieux, un peu trop rapiécé ; mais soigné, et lumineux, et joli, comme sa mère.

Judy s'assit avec son tricot.

— J'ai vu papa, annonça Marnie en se laissant tomber dans le fauteuil.

— Oh ?

— Il doit vivre dans le quartier de mon employeur. Je l'ai croisé plusieurs fois quand je sors Rex et Canaille.

— Marnie… Je suis navrée, mais je n'ai pas envie d'entendre parler de ton père. Je ne t'empêcherais pas d'avoir une relation avec lui, mais…

— Non merci. Il n'a pas l'air d'avoir changé.

— Je me suis toujours sentie responsable de son attitude. Tu sais… avoir une ivrogne comme épouse l'humiliait profondément. Alors il était agressif.

— Oh ! tu peux arrêter de culpabiliser. Il n'est plus avec toi depuis des années et il vit comme un roi sur Park Avenue, mais c'est un toujours une ordure.

Sa mère sourit. Marnie poussa un soupir.

— La première fois que je l'ai croisé, il ne m'a même pas remarquée. La deuxième, le chien s'est coincé dans un buisson et l'a dérangé en aboyant, donc il m'a reproché d'être incompétente.

— Il ne t'a pas aidée ?

— Non. Quelqu'un d'autre a délivré Canaille. Papa m'a juste critiquée.

— Cela ne m'étonne pas.

— Ce matin, il était encore au parc. J'étais avec mon patron et je lui ai raconté notre altercation. Danny est allé le voir et lui a conseillé de ne plus jamais insulter sa nourrice. Il lui a même dit que j'étais diplômée et que je voulais monter mon agence. C'était… C'était comme s'il m'avait donné une chance de lui montrer qui j'étais vraiment, que son départ ne m'avait pas brisée. Il se fiche bien de savoir ce que fait une inconnue, bien sûr. Mais quand même, j'ai eu le dernier mot.

Judy sourit et hocha la tête.

— Je comprends. Cela t'a fait du bien.

— Cela m'a permis de tourner la page, d'une certaine façon ? Et c'est grâce à Danny Manelli.

Sa mère plissa les yeux et la scruta intensément.

— Tu as parlé de beaucoup de choses à ce Danny…

— Nous échangeons beaucoup…

Elle sentit ses joues s'enflammer et détourna le regard.

— Assez pour que tu lui aies tout raconté ?

— Tu veux dire, est-ce que j'ai mentionné Roger Martin ? Non. J'ai parlé de mon père parce que nous l'avons croisé. La situation s'y prêtait, c'est tout.

— Ce n'est pas un reproche. Je suis inquiète, c'est tout. Tu travailles pour lui depuis quelques semaines, mais il connaît déjà ta situation familiale et défend ton honneur ?

— Nous vivons ensemble, mangeons ensemble, nous nous occupons de son fils ensemble…

— Et donc vous vous êtes… rapprochés ?

Marnie croisa les bras et soutint son regard.

— Marnie, soupira sa mère, ton père t'a déjà prouvé que les hommes riches aiment tirer avantage d'autrui. Ils passent simplement à autre chose quand la situation se complique. C'est le privilège des puissants. Roger Martin était le gamin le plus riche de l'école, et il a profité de toi. Peut-être que ton Danny est différent, mais… Fais attention à toi, d'accord ?

— Je fais toujours attention, murmura Marnie.

Peut-être *trop*. Elle s'était punie depuis le lycée, pour son imprudence, pour la rébellion qui l'avait menée dans le lit d'un prédateur. N'avait-elle pas le droit de se pardonner ? D'avoir une vraie vie, plutôt que quelques rendez-vous sporadiques avec des hommes qu'elle avait choisis par sécurité plutôt que par attirance ?

— Il ne s'est rien passé, d'accord ? ajouta-t-elle.

Mais elle mentait. Le baiser de Danny, quelques soirs plus tôt, était vibrant de désir ; et elle y avait répondu ardemment aujourd'hui, frissonnante, affamée. Elle avait oublié la prudence. Elle avait oublié la raison. Elle ne contrôlait plus rien.

— D'accord. Tu veux rester un peu ?

C'était une des choses qu'elle appréciait chez sa mère : elle ne manquait jamais de l'avertir, mais elle n'insistait pas ; elle considérait que sa fille saurait prendre la bonne décision.

— Juste pour le thé. J'ai un planning pour les activités de Rex et j'aimerais m'y tenir. Il faut que je rentre bientôt.

Après une ou deux parties de cartes, Marnie reprit le chemin de Park Avenue, l'estomac noué. Et pourtant, lorsqu'elle sortit de l'ascenseur et croisa le regard de Danny, tout juste revenu après avoir couché Rex, les cheveux en désordre, le T-shirt froissé, une serviette sur l'épaule, tous ses doutes s'évaporèrent.

La force de ses sentiments la frappa de plein fouet. Une chaleur tendre fleurit dans sa poitrine. Un regard suffisait à faire galoper son cœur, à suspendre son souffle.

Ce qu'elle vivait avec Danny était parfait. Danny avait été irréprochable avec elle. Elle pouvait oublier ses peurs. Elle avait le droit de vouloir être à ses côtés, être dans ses bras.

Quand elle entra dans l'appartement, Danny se figea au milieu du couloir. Elle ne s'arrêta pas, elle ; elle continua d'avancer vers lui, si belle, si lumineuse, si parfaite pour lui, si parfaite pour Rex. Avant qu'il ne puisse douter de lui-même, il fit un pas en avant. Un autre. Encore et encore jusqu'à ce qu'ils se trouvent et se joignent dans un baiser brûlant. Sa sœur avait raison ; sa méfiance était née du passé, attisée par la peur d'avancer, de faire une erreur qui lui coûterait son cœur. On lui avait trop souvent menti. Mais, face à Marnie, tous ses soupçons s'effaçaient. Il était enfin lui-même. Parce qu'elle était honnête, et vraie, et merveilleuse, et qu'aucun faux-semblant ne les séparait.

Un élan de pure convoitise cascada en lui. Avide, affamé, il releva son T-shirt pendant qu'elle tirait sur le sien. Avant de perdre complètement la tête, il se détacha d'elle et inspira profondément.

— Pas ici, murmura-t-il, à un souffle de sa bouche. Trop de monde a le code de l'ascenseur. Viens.

Il recula vers sa chambre, ouvrit la porte d'un coup de talon et l'entraîna vers le lit. Ils tombèrent sur le matelas et il roula sur elle sans rompre leur baiser. Elle fit glisser ses doigts chauds sur son torse nu et il se tendit délicieusement sous sa caresse. Leur étreinte se fit torride, désespérée. Il glissa sur le dos et la cala sur lui, en coulant ses paumes sur ses hanches, son buste, ses seins. Il l'attira à lui pour faire courir sa langue sur sa peau soyeuse. Une fièvre impérieuse pulsait en lui ; plus tard, plus tard, il serait tendre et patient, quand le manque aurait été rassasié. Mais, pour le moment, leurs bouches se mêlaient, le désir les torturait, et leurs corps se cherchaient avec la même avidité, jusqu'à ce qu'ils s'unissent enfin, fébriles.

Et son âme murmurait qu'il était sien comme elle était

sienne. Lorsque la jouissance le submergea, il comprit. Il avait cherché Marnie toute sa vie.

Après que sa respiration se fut apaisée, son corps détendu, et son vertige un peu dissipé, il se souleva sur un coude et croisa son regard. Son cœur battait toujours à tout rompre. Elle lui sourit. Il lui sourit à son tour. La peur avait disparu. Dans ses bras, il était enfin à sa place.

11.

Marnie ne pouvait détacher ses yeux de Danny. Sa première expérience sexuelle avait été souillée par les photos. Les suivantes avaient été insignifiantes et tièdes. Mais faire l'amour avec Danny avait fait basculer le monde. Leurs sentiments s'étaient insinués dans chaque caresse, chaque baiser, chaque étreinte, chaque saveur.

— C'était incroyable, souffla-t-elle.

Il hocha la tête, les yeux dans les siens. Son sourire reflétait le même émerveillement. Il roula sur le dos et elle se pelotonna au creux de ses bras. Elle avait été audacieuse quelques minutes plus tôt, mais soudain, elle n'osa pas poser sa tête contre son cœur ; elle se contenta de caresser le relief de son torse d'une main légère. Rien n'avait jamais été si parfait et si familier. Comme si elle avait été façonnée pour cet instant. Pour Danny.

Et si cette constatation aurait dû l'effrayer, elle ne faisait que l'emplir de gratitude et de bonheur.

Elle n'avait jamais autant fait confiance à quiconque.

— On devrait sortir, un de ces jours.

— Quoi ? s'enquit-elle, souriant en levant les yeux vers lui.

— On devrait sortir. Tous les deux.

— Un rendez-vous, tu veux dire ?

— C'est ce que font les gens qui se plaisent, n'est-ce pas ?

— Nous sommes déjà sortis ensemble…

— Recommençons. Allons dîner, cette fois.

— C'est vrai que Charlotte aime garder Rex…

Il rit doucement et posa sa main sur la sienne.

— Voilà. Rendons service à Charlotte. Tu sais qu'elle était

à la tête d'une division dans la construction, avant ? Mais elle a ses propres projets, maintenant qu'elle a reçu son héritage.

— L'argent aide à faire exactement ce que l'on voudrait faire, même si on ne le savait pas avant. Et toi, Danny, qu'est-ce que tu as toujours voulu faire ?

Il soutint son regard avec intensité.

— Exactement ce que je suis en train de faire maintenant.

Une tendresse infinie monta en elle. Elle caressa sa joue.

— Je suis sérieuse. Tu ne changerais rien ?

Il inspira profondément.

— Si, mais mon héritage en est la cause, pas la solution. Je ne sais pas comment arranger les choses avec mes parents adoptifs. Depuis que Mark m'a annoncé qu'il était mon père, il y a comme un froid entre nous. Je ne savais pas que j'étais adopté. Mark s'insinue partout. Il a trouvé Rex. Il a aussi transféré la direction de son patrimoine à ma firme peu de temps après mon arrivée. J'ai peur que mes parents aient l'impression d'avoir perdu leur place dans ma vie.

Elle était si profondément touchée qu'il lui confie ses secrets. Il écoutait toujours ses conseils. Il ne refusait jamais son aide. Elle prit le temps de réfléchir avant de répondre.

— Leni aussi est adoptée, n'est-ce pas ? Comment concilie-t-elle les deux familles ?

— Elle vit tout près de chez ses parents, dans un village du Kansas. Mark reste un visiteur dans sa vie. Ses parents sont toujours ses parents.

— Et tu ne pourrais pas faire la même chose ?

— Faire venir mes parents ici ? Ou aller vivre près de chez eux ? Ce serait un long trajet pour aller au bureau.

— Quel argument faiblard, s'esclaffa-t-elle. Les gens riches ont toujours des maisons de vacances, tu sais.

— C'est vrai…

— Et tu ne crois pas que Rex et Canaille adoreraient connaître la ville de ton enfance ? Si tu te rapproches géographiquement, tu te rapproches émotionnellement.

Il se hissa au-dessus d'elle et déposa un baiser sur son nez.

— Tu es vraiment très intelligente.

Elle gloussa dans la cage de ses bras.

— On me le dit souvent.

Il rit avec elle et l'embrassa lentement, délicieusement, et leur langueur se mua bien vite en ardeur.

Le coulissement de l'ascenseur, au bout du couloir, les interrompit cruellement. Danny n'avait pas fermé la porte de sa chambre. N'importe qui aurait pu les voir.

Il grogna tout bas et se détacha de Marnie à contrecœur. Une fois assis, il passa son T-shirt et son pantalon.

— J'espère que ce n'est que le concierge. Reste ici, je reviens tout de suite.

Incapable de se retenir, il lui vola un dernier baiser et sortit de la chambre. Honnêtement, il brûlait de claquer la porte, tourner la clé, et rester au lit avec elle jusqu'à la fin des temps. Mais peu de gens avaient le code de l'ascenseur, et aucun d'entre eux ne se laisserait décourager par un salon vide. Jace, Charlotte, Mark…

— Bonsoir, Danny.

Oh non. *Mark.*

Il réprima une grimace et avança vers son père et sa fiancée, Penny Fillion. Il était échevelé, portait des vêtements froissés, et se sentait de plus en plus frustré ; il n'y avait plus qu'à espérer que ses visiteurs ne devineraient pas la scène qu'il venait de quitter. Un lit chaud, et la femme dont il était sans aucun doute en train de tomber amoureux.

Mark aurait été bien trop heureux de lui faire un sermon, ou pire, de lui donner des conseils. C'était peut-être ce qui l'agaçait le plus : ce besoin qu'avait Mark de se comporter comme un père, trente ans trop tard.

— Mark. Qu'est-ce que tu fais ici ? Tu ne peux pas venir chez moi quand tu en as envie, dit-il d'un ton brusque.

Une porte s'ouvrit et se ferma discrètement derrière lui. Il pivota légèrement. Marnie venait à leur rencontre, habillée, avec un sourire de bienvenue.

— Bonsoir. Désolée, Rex est déjà couché.

— Marnie, je te présente mon père biologique et sa fiancée, Penny Fillion.

Il montra tour à tour Mark, mince et élancé, et Penny, petite, joviale, aux cheveux blonds et aux grands yeux bleus. Marnie ne cilla pas et leur serra la main.

— Je m'apprêtais à renvoyer Mark chez lui, siffla-t-il.

— Je suis désolé, coupa Mark. Je sais qu'il est tard et que le bébé dort, mais je devais parler à mon fils.

Mon fils. Un éclair d'exaspération le traversa. Il ne connaissait leur lien de parenté que depuis trois mois, mais Mark se comportait toujours comme s'il l'avait accompagné tous les matins à l'école primaire.

— Pas de problème, dit Marnie, bien plus indulgente, avec un sourire.

— Merci. Je suis content de ne pas vous déranger.

— Qu'est-ce que tu veux ? s'agaça Danny.

Les yeux bruns de Mark brillèrent d'amusement.

— J'espérais voir Rex, mais j'imagine que cela peut attendre demain… Vous ne trouvez pas que ce petit est merveilleux, Marnie ? Je ne dis pas cela *seulement* parce que c'est mon petit-fils. Il est vraiment spécial. Si vif ! Penny et moi espérons qu'il apportera les anneaux pour notre mariage. La cérémonie est prévue en septembre.

— À Paris, ajouta Penny avec un sourire béat.

— Et nous sommes passés car nous avons décidé que Danny serait notre témoin.

Danny serra les dents. Mark se fichait de lui, n'est-ce pas ? Il avait *décidé* de faire de lui son témoin ? Sans jamais lui demander son avis ?

— Voudrais-tu être mon témoin, Danny ? s'enquit Mark.

Danny inspira profondément. Bien. Au moins, la question avait finalement été posée.

— Je ne sais pas. C'est compliqué, surtout maintenant que j'ai la garde de Rex.

— Heureusement, Rex aussi fait partie de la cérémonie,

rétorqua Mark d'un ton insupportablement taquin. Vous serez au même endroit, au même moment.

— Il a *deux* ans. Je ne sais même pas s'il est capable de remonter l'allée tout seul. À moins qu'il ait quelqu'un pour lui tenir la main jusqu'à l'autel, je ne vois pas comment il pourrait vous donner les anneaux.

— Très bien, je comprends.

Quand Danny s'y attendait le moins, Mark cessait toujours d'être un bulldozer tyrannique et reculait d'un pas, tout prêt à faire des compromis. Et invariablement, Danny culpabilisait d'avoir laissé la colère le submerger.

— Je… Je ne dis pas non. Tout dépendra de ce dont Rex est capable, d'accord ?

— Tout à fait d'accord. Nous serons patients.

Il se tourna vers Penny et lui présenta son bras.

— Prête pour un dîner décadent, chérie ?

Penny rit et le réprimanda sur ses habitudes alimentaires pendant qu'ils marchaient vers l'ascenseur. Marnie les observait avec un sourire un peu nostalgique. Danny fronça les sourcils et croisa les bras. Il avait lu beaucoup de livres sur l'éducation, ces derniers temps – et tous déconseillaient de récompenser un comportement déplacé. Il fallait établir des limites claires. Mark les avait dérangés à une heure tardive, pendant un moment bouleversant. Il n'allait pas le laisser partir aussi facilement.

— Mark !

— Oui, fiston ? lança Mark en se tournant vers lui.

— J'étais sérieux quand j'ai dit que tu ne pouvais pas venir chez moi sans prévenir. Respecte mon emploi du temps et appelle-moi si tu veux nous rendre visite. Sinon, je demanderai à changer le code de sécurité et ma liste d'invités autorisés.

Sa voix était glaciale, mais Mark se contenta de rire.

— Tu devrais venir travailler pour Hinton. Comme cela, je te verrais au bureau.

Oh ! bien sûr. C'était son plus cher désir – travailler pour un homme qu'il n'était même pas sûr d'apprécier. Le laisser empoisonner sa vie plus qu'il ne le faisait déjà.

— J'adore mon travail actuel.

— Tu finiras par changer d'avis, rétorqua Mark.

Marnie regarda Mark et Penny entrer dans la spacieuse cabine de l'ascenseur. Il n'était pas vide. Le jeune homme du parc, celui qui avait sauvé Canaille de son buisson, les attendait patiemment. Il était en costume, avec une oreillette.

Penny leur fit un signe d'au revoir, Mark leur lança un dernier sourire, et Danny croisa les bras. Dès que les portes se fermèrent, Marnie se tourna vers lui.

— Qui était-ce, avec eux, dans l'ascenseur ?

— En costume bleu ? C'était Bruce, l'un des vingt gardes du corps engagés pour suivre les Hinton partout.

— C'est lui qui m'a aidée à récupérer Canaille au parc, l'autre jour.

— Il devait être assigné à Rex ce jour-là, expliqua Danny en haussant les épaules.

Abasourdie, elle se laissa tomber dans l'un des fauteuils.

— Assigné à Rex ? Rex est suivi par une équipe de sécurité tous les jours et tu ne m'en as jamais parlé ?

Il contourna l'îlot de la cuisine et ouvrit le frigo.

— Bien sûr que je t'en ai parlé.

— Non ! Jamais ! Je m'en serais souvenue !

— Marnie, pendant notre entretien, je t'ai dit que toute ma famille avait des gardes du corps.

— Oui, tu l'as mentionné au passage, mais tu ne m'as jamais expliqué qu'un d'entre eux me suivait, moi. Tu ne m'as jamais dit ce que je devais faire.

— Tu n'as rien à faire. Ils restent en arrière. Ils ne sont pas censés faire partie de ton monde ; ils surveillent, c'est tout.

Un frisson de malaise la parcourut.

— Quelqu'un me suit depuis des semaines ?

Cela n'avait rien à voir avec des photos prises contre son gré, et pourtant, la nouvelle lui faisait l'effet d'une trahison.

— Pas toi. *Rex.* Mon père est milliardaire, Marnie. Son petit-fils est une cible facile.

— Désolée, mais j'ai quand même l'impression d'avoir été manipulée. C'est comme si tu m'avais fait surveiller, *moi.*

Il abaissa son verre d'eau, surpris.

— Quoi ? Cela n'a rien à voir !

— Te font-ils un rapport tous les soirs ?

— Un rapport sur *quoi* ?

— Sur ce que j'ai fait toute la journée.

— Ils ne viennent jamais à l'appartement, sauf si je les y convie. La plupart sont des chauffeurs. Ils nous suivent si Rex est dehors. Sinon, ils surveillent l'immeuble dans leur voiture. Ils fichent les habitués de l'immeuble. C'est tout.

— Un peu comme en prison, dit-elle d'une voix dure.

Il passa une main lasse dans ses cheveux. Il pouvait comprendre. Lui aussi avait mis des semaines à accepter la présence des agents ; mais elle était indispensable.

— Non, c'est très différent. Je fais ce que je veux, et ce sont eux qui doivent me suivre.

Elle croisa les bras, un sourcil arqué.

— Écoute, reprit-il, je ne comprends pas pourquoi cela te pose problème. Tu devrais être heureuse que Rex soit protégé. Tu es sa nourrice, non ?

— Bien sûr. Je suis seulement sa *nourrice.* Je n'ai pas voix au chapitre. Je n'ai pas le droit d'être mal à l'aise.

Elle tourna les talons. Danny poussa un grognement.

— Marnie ! Attends ! Je suis désolé, ce n'est pas ce que j'ai voulu dire. Nous parlons de deux choses différentes.

Elle s'arrêta, pivota vers lui.

— Ne t'inquiète pas, je ne vais pas te mener la vie dure et faire un caprice. Je *sais* que je n'ai aucun droit.

Elle partit vers sa suite sans demander son reste. Une partie de lui brûlait de la suivre, d'argumenter. Mais c'était la vulnérabilité de Rex qui l'avait convaincu d'accepter la garde rapprochée. Il ne changerait pas d'opinion sur ce point.

Évidemment, ce n'était pas le cœur du sujet ; Marnie était en colère parce qu'il ne lui avait pas parlé des agents. Elle avait du mal à faire confiance, et elle avait l'impression qu'il lui avait menti. Il pouvait le comprendre. Mais pour autant, il ne ferait pas de concessions illogiques.

Une heure plus tôt, il n'y avait eu entre eux que la passion et le bonheur. Leur parfaite parenthèse était déjà refermée. Il se laissa tomber sur le sofa, la tête dans les mains, et poussa un soupir. Pas besoin de paniquer. Demain, ils pourraient en discuter à tête reposée. Et ce soir… Il n'aurait pas le plaisir de la serrer dans ses bras avant de s'endormir, de lui faire l'amour lentement, délicieusement.

Il secoua la tête. Il avait parlé de ses doutes à Leni, mais pas des sentiments qu'il portait à Marnie. Trop intenses, trop récents. Finalement, n'était-ce pas une bonne chose de prendre un peu de recul ?

12.

Marnie nourrissait Rex sur sa chaise haute quand Danny les rejoignit le lendemain matin. Leurs regards se croisèrent, et elle détourna immédiatement le sien.

Elle inspira profondément. Il ne comprenait sans doute pas pourquoi elle s'était énervée, la veille. Elle répondit à son bonjour du bout des lèvres pendant qu'il glissait une dosette dans la cafetière.

— Si tu sors aujourd'hui, un garde du corps suivra Rex.

— Je sais, soupira-t-elle. Danny… Je suis désolée. Bien sûr qu'un petit garçon de milliardaire a besoin d'une équipe de sécurité. Je sais que c'est indispensable.

— Mais ce n'était pas le problème, n'est-ce pas ? Tu as l'impression que je t'ai caché quelque chose.

— Je ne sais pas ce qui m'a pris…

— Marnie, ton père est un salaud, et j'imagine que tu n'as pas eu une enfance facile avant que ta mère cesse de boire. Je comprends, d'accord ? Tu as besoin de me faire confiance.

— Merci, mais tu ne devrais pas avoir à me *comprendre*. Je suis une professionnelle. Je n'aurais pas réagi de cette façon si nous n'avions pas eu une relation… personnelle.

— Je sais. Ce n'est pas grave.

Elle inspira profondément. Les souvenirs de leur étreinte dansaient encore dans son esprit ; le plaisir ineffable, l'intimité qu'elle n'avait jamais connue auparavant. Mais tout cela n'était qu'un rêve. Elle ne pouvait pas faire sombrer Danny avec elle, dans ses doutes, dans ses angoisses. Pas quand lui-même avait déjà tant de difficultés à gérer.

— Ne sois pas si compréhensif, Danny. Je ne le mérite pas. Je ne mérite pas un homme comme toi.

— Marnie…, souffla-t-il, le regard adouci.

— Non. Vraiment. Je ne suis pas instable, mais j'ai vécu des choses qui m'ont rendue méfiante. Je réagis parfois de façon irrationnelle, et je ne peux rien y faire.

Il rit doucement.

— J'ai eu la même conversation hier avec ma sœur, quand tu es partie. Elle est passée voir Rex. J'étais bouleversé. Je croyais que tu avais accepté ce poste seulement pour contacter ton père. J'avais même peur que tu ne reviennes jamais.

Elle leva les yeux vers lui, profondément surprise. Elle avait toujours cru qu'il ne doutait de rien. Étrangement, les angoisses de Danny apaisaient un peu les siennes.

— Non, je n'aime pas beaucoup mon père. J'aurais préféré ne jamais le revoir. Quoique…, railla-t-elle, si j'avais su que j'avais un garde du corps sur mes traces, je l'aurais peut-être insulté moi-même.

— Ah, tu vois. Nous sommes déjà capables de rire des gardes du corps, lança-t-il avec un sourire taquin.

Elle leva les yeux au ciel, amusée. À son réveil, elle était convaincue de devoir renoncer à Danny. Et voilà qu'en un clin d'œil l'espoir revenait sur la pointe des pieds…

— En tout cas, je veux que tu saches que moi aussi je veux que l'honnêteté prime entre nous, continua Danny. Quand Mark a déboulé dans ma vie en me disant que j'avais un enfant dont je ne connaissais pas l'existence…

— Comment l'a-t-il découvert, d'ailleurs ?

— Un de ses agents me surveillait. L'agent a gardé un œil sur Alisha après notre liaison. Il a vite compris qui était Rex, quelques mois plus tard.

— C'est… effrayant.

— Tout d'un coup, j'ai découvert que j'étais adopté, que j'avais un fils, et que mon père biologique m'espionnait depuis des années.

— Après cela, une équipe de sécurité de plus ou de moins n'a pas vraiment d'importance ? devina Marnie.

— Voilà. Mais, Marnie… Cela ne signifie pas que tes peurs, elles, n'ont pas d'importance.

Elle battit des paupières, les yeux brûlants. Danny était si bienveillant. Mais il ne connaissait pas la raison de sa souffrance. Elle lui avait caché son secret. À cet instant, elle aurait tout donné pour le lui confier. Elle ferma les yeux. L'humiliation noya ses mots dans une montée de bile.

— Marnie ? S'il te plaît. Je veux être honnête avec toi. Si nous voulons avoir une vraie relation, il faut que tu sois honnête avec moi aussi.

— Nous ne pouvons *pas* avoir de relation.

— À cause d'un garde du corps ?

— Non. Écoute, j'ai été harcelée à l'école. J'ai disparu des réseaux sociaux, j'ai changé d'école, j'ai pris le nom de jeune fille de ma mère et j'ai pris la fuite. Si tu me cherches, tu ne trouveras rien sur moi avant l'âge adulte.

Il accusa le choc et fronça les sourcils.

— Tu as dû être poussée à bout, pour en arriver là.

Elle hocha la tête et expira, surprise de sentir son fardeau s'alléger à mesure que les mots s'écoulaient.

— C'est étrange, cela me soulage de t'en parler. Danny, sache que je ne veux que toi. Je veux te faire comprendre pourquoi j'abandonne une histoire aussi belle.

— Mais… Quel rapport ? C'était il y a longtemps.

— On m'a harcelée car ma mère a porté plainte. Un des garçons de mon école a pris des photos de moi après… après que nous…

Elle ferma les yeux, les dents serrées.

— Avant ça, j'étais assez populaire auprès des garçons. J'aimais bien flirter. Ils avaient parié sur ma virginité. Celui d'entre eux qui coucherait avec moi le premier gagnerait le pari. Je suis tombée amoureuse d'un des joueurs de l'équipe de foot. Après avoir passé la nuit avec moi, il a pris des photos pour avoir des preuves. Il les a montrées à tous ses amis, puis… il les a mises en vente sur Internet.

— Oh ! mon Dieu, souffla Danny.

Il avait l'air si profondément choqué qu'elle était presque désolée de continuer son histoire.

— Le jour où j'ai découvert les photos, je suis rentrée chez moi et j'ai tout raconté à ma mère. Elle a appelé la police. Des inspecteurs sont tout de suite venus à l'école. Ils ont demandé à Roger de supprimer les photos de son téléphone, mais je ne sais pas s'il avait des copies. Bref.

Elle inspira profondément.

— Je ne peux pas être ta petite amie, Danny. Je ne devrais même pas être vue en public avec toi. Un jour, quelqu'un va s'intéresser à mon identité, et un bon journaliste n'aura aucun mal à retrouver des informations compromettantes. Ton nom sera traîné dans la boue. Et je ne veux pas revivre toute cette honte, cette peur, ce dégoût. Je ne peux pas supporter de revenir en arrière. À la conviction que je ne vaux rien, que je ne pourrai jamais m'échapper.

Il soutint son regard, longtemps. Ses prunelles sombres brûlaient d'une compassion fervente. Oh ! elle ne voulait pas de sa pitié ! Elle voulait être normale, libre. Était-ce vraiment trop demander ?

Il posa sa tasse de café sur l'îlot.

— Laisse-moi fouiller un peu dans la loi. Nous pouvons sûrement faire quelque chose. Les temps ont changé et le délai de prescription n'est pas dépassé.

Elle posa la main sur son bras, la gorge nouée. Les émotions du passé menaçaient de l'engloutir. Elle aurait aimé fuir, se boucher les oreilles, revenir à l'état d'indifférence qu'elle avait si difficilement atteint.

— Ce n'est pas ce que je veux, Danny. Imagine le scandale. Un des hommes les plus riches du monde, en croisade contre ce monstre. L'affaire se transformerait immédiatement en cirque médiatique, et je serais en plein centre. Je ne peux pas le supporter. Je veux juste qu'on me laisse tranquille, Danny.

Et peut-être, un jour, ouvrir ma petite entreprise, et vivre une vie discrète.

Lorsqu'elle leva son regard suppliant vers le sien, le cœur de Danny vola en éclats. Pendant toutes ces semaines, il s'était apitoyé sur son sort alors que Marnie cachait une vraie souffrance. Un vrai traumatisme. Un passé qui hantait tous les coins sombres de son présent.

Il attrapa doucement sa main. Il n'y avait rien d'autre à dire ; le seul soutien qu'il pouvait lui apporter était silencieux. Après de longues minutes, elle secoua la tête et délivra ses doigts.

— Je vais aller ranger mes affaires et appeler Shirley. C'est dimanche, mais je pense qu'elle peut me trouver une remplaçante en quelques heures. Je vais rester jusqu'à ce qu'elle arrive, d'accord ?

Elle aurait tout aussi bien pu le gifler.

— Quoi ? Non, Marnie, ne pars pas.

— Danny… As-tu déjà réfléchi à ce que ferait ton futur beau-frère s'il entendait parler de mon passé ? Si ton père a peur qu'on enlève les membres de sa famille, crois-tu qu'il supporterait qu'on te fasse du chantage pour cacher le secret d'une domestique ? Roger ne m'a jamais contactée, mais s'il me reconnaissait dans les journaux ? S'il décidait de profiter de la situation ? Voilà ce à quoi Jace et Mark penseront. Et ils exigeront que tu me renvoies. C'est normal. Ils veulent protéger leur clan.

Elle secoua la tête. Sa voix tremblait légèrement.

— J'y ai déjà réfléchi cent fois. Le soir où j'ai emménagé, j'avais l'intention de refuser le poste. Je ne voulais pas mettre ta réputation en danger. Mais c'était le chaos, et Rex était si adorable, et tu étais si gentil… Je voulais juste t'aider.

— Et tu continues de m'aider, Marnie. Ton passé est enterré depuis dix ans. Il y a si peu de chances qu'il refasse surface…

Elle hésitait ; il le voyait dans ses yeux. Il ne pouvait pas la laisser partir sans tenter de la convaincre. Peut-être voulait-il lui rendre tout ce que la vie lui avait arraché. Peut-être ne pouvait-il pas supporter de la voir si fragile, si épuisée, alors qu'elle méritait tout le bonheur du monde.

— Reste, Marnie, murmura-t-il en la prenant dans ses bras. Rex t'aime. J'ai besoin de toi. Si tu pars aujourd'hui, ce serait à cause d'une hypothèse infondée. Il y a si peu de chances que cela arrive. Ne nous quitte pas pour rien.

Elle appuya le front contre sa poitrine.

— Même si je reste, nous ne pouvons pas former un couple, Danny. Hier, en voyant le garde du corps, j'ai réalisé à quel point ta vie était différente de la mienne. Je ne peux pas continuer de me mentir. Si je ne suis que ta nounou, tu risqueras bien moins que si je suis ta compagne.

Il déglutit difficilement. Il n'avait jamais aimé personne comme il aimait Marnie. Mais elle avait enduré assez d'horreurs pour toute une vie, et il n'avait pas l'intention de trahir sa confiance.

— Danny, répéta-t-elle. Si je reste, promets-moi qu'il ne se passera plus rien entre nous.

— Je te le promets.

Pendant la semaine suivante, Danny lutta chaque jour contre l'envie brûlante de chercher l'agresseur de Marnie : il aurait suffi d'une recherche Internet pour trouver son nom. Mais Marnie ne voulait pas voir ses secrets exhumés, et il devait respecter sa décision. L'ironie du destin lui arracha un rire amer. L'homme dont la vie avait été bouleversée par les mensonges était tombé amoureux d'une femme dont l'existence risquait d'être brisée par la vérité.

Et n'était-ce pas la peur que les photos existent encore, plutôt que les photos elles-mêmes, qui torturait Marnie aujourd'hui ?

Ce soir-là, il rentra à la maison épuisé, mais son humeur s'éclaira en la trouvant dans la cuisine, assise près de Rex.

— Hé ! Bonsoir tout le monde, dit-il souriant, en posant son cartable sur l'îlot central.

Il saisit la cuillère de purée que Marnie lui tendait, et elle s'écarta, discrète, pour lui laisser partager un moment avec son fils. Juste pour cela, n'est-ce pas ?

— Tu as passé une bonne journée ? demanda-t-il à Rex.

Rex gloussa et hocha la tête.

— Il a fait une longue balade avec Paul, le garde du corps, expliqua Marnie en nettoyant l'évier. C'est mieux sans intermédiaire, non ? Rex peut sortir et ses gardes du corps ont tout contrôle sur la situation.

Son cœur se serra.

— Marnie… Tu ne voulais pas sortir ?

Elle hésita.

— Je… suis bien à l'intérieur.

À l'intérieur, où personne ne pouvait la voir, et surtout pas avec son fils. Rex termina son assiette et Danny le souleva dans ses bras. Marnie lui tendit une brique de jus de pomme.

Leurs doigts se frôlèrent et une tornade de sensations rugit en lui. Leurs regards se croisèrent ; elle détourna immédiatement les yeux, mais pas assez vite pour cacher sa souffrance.

— Je vais vous laisser jouer ensemble, d'accord ?

Une boule de chagrin lui serrait la gorge. Il aurait voulu la serrer dans ses bras, panser ses blessures. Il aurait voulu l'aimer jusqu'à ce que plus rien n'ait d'importance. Il caressa les cheveux soyeux de Rex.

— Tu peux jouer avec nous, Marnie. Cela ne risque rien.

— Il a besoin d'un peu de temps avec toi. La journée a été longue. Je vais me doucher.

Il recula, hocha la tête. Elle avait pris sa décision.

Il quitta la cuisine et s'amusa avec Rex jusqu'à l'heure du coucher, puis le mit en pyjama. Alors qu'il boutonnait sa gigoteuse, Marnie les rejoignit discrètement.

— Oh ! désolée. J'aurais pu m'en occuper.

— Mais non, c'est très bien comme ça.

Il coucha Rex avec un baiser de bonne nuit. Une fois dans le couloir, il se tourna vers elle. Le silence qui les séparait était aussi insurmontable qu'un gouffre.

Ils se contentèrent d'un hochement de tête, puis se retirent chacun de leur côté. Dans sa chambre, il se planta devant la baie vitrée et cala son front sur la vitre fraîche. Bon sang ! L'héritage Hinton l'avait rendu tout-puissant, et pourtant, il ne pouvait défendre Marnie contre ses démons. Il était incapable de la rassurer, incapable de la libérer. Son cœur lui faisait un mal de chien. Elle était toujours avec lui, et pourtant, elle lui manquait terriblement. Il avait trouvé les priorités de son existence : Rex et Marnie. Une nouvelle vie à construire. Ils avaient été si heureux, pendant quelques semaines. Maintenant, une simple balade dans le parc la terrifiait, et il ne savait pas comment la protéger.

Lundi matin, la réceptionniste de Waters, Waters & Montgomery lui annonça l'arrivée imminente de sa sœur et de son fiancé. Danny se raidit derrière son bureau. Leurs visites étaient habituellement un plaisir : Charlotte le faisait toujours rire, et il était proche de Jace depuis longtemps. Mais les circonstances de ces derniers jours avaient changé la donne. Et si Jace avait fouillé dans le passé de Marnie ? Et s'il l'encourageait à s'en séparer ? Les employés des Hinton ne plaisantaient pas avec la sécurité. Jace était le meilleur dans son domaine, et pour cause : il exterminait le risque avant même qu'il ne se manifeste.

Charlotte sortit de l'ascenseur la première, vêtue d'un élégant tailleur-pantalon. Derrière elle, Jace, en costume, s'accordait parfaitement avec sa fiancée.

Elle planta un baiser chaleureux sur sa joue.

— Tu es de bonne humeur, dit-il en souriant.

— Nous avons une nouvelle à t'annoncer, expliqua Jace.

— Que se passe-t-il ? s'enquit Danny en leur faisant signe de s'asseoir dans les fauteuils, le pouls un peu trop rapide.

— Je suis enceinte ! s'exclama Charlotte, radieuse. Enceinte, Danny ! Tu imagines ? Je vais avoir un petit Jace !

Jace rit doucement, et Danny contourna le bureau pour lui serrer la main et enlacer sa sœur.

— Félicitations !

— Attends, ce n'est pas fini, continua Charlotte en le serrant contre elle. Nous nous marions dans une semaine. En Écosse !

— Dans une semaine ? En Écosse ? répéta-t-il, sonné.

— Tu es obligé de venir avec Rex, ordonna Charlotte.

— Tu as une nourrice, ça ne devrait pas poser de problème, ajouta Jace en arquant un sourcil.

— Bien sûr. Bien sûr. Je vais penser à la logistique…

— Tu es vraiment un avocat, Danny, lança Charlotte, taquine. Toujours à voir des problèmes où il n'y en a pas.

— Pardon ?

— Quand le monde entier pensait que Mark était mort et que tu assurais sa succession, tu n'as pas arrêté de compliquer les choses. Trois tests d'ADN anonymes dans trois laboratoires indépendants, Leni enfermée dans sa chambre d'hôtel, et je ne sais plus quelles autres directives que je n'ai personnellement jamais suivies, s'esclaffa-t-elle.

Jace cacha un sourire derrière sa main.

— Et maintenant, tu te compliques la vie alors que nous avons des jets privés et plein de chambres à disposition en Écosse. Ne t'en fais pas, d'accord ? Profite d'un petit séjour improvisé en Europe. Fête notre bonheur avec nous. Détends-toi. Danse, bois, et oublie tout !

Il cligna des yeux, confus.

— Je sais, je sais, dit-elle en riant. C'est un concept difficile pour toi. Mais fais un effort ! Arrête de tout analyser et laisse-toi aller ! Pour nous !

Après leur départ, Danny se laissa tomber dans son fauteuil, le cœur battant. Charlotte avait-elle raison ? Avait-il passé ces derniers mois à débusquer les catastrophes, de peur d'être pris par surprise ? Et n'était-ce pas exactement ce que faisait Marnie, en laissant la peur guider chacun de ses actes ? En laissant la peur briser sa vie ?

13.

Marnie venait juste de sortir Rex du bain quand Danny arriva, ce soir-là. Il souleva Rex dans ses bras et embrassa son front avec une ferveur touchante.

— J'ai commandé chinois pour dîner. Le livreur sera là dans quelques minutes, annonça-t-il.

Il y avait déjà quelques jours qu'elle avait pris ses distances. Elle s'accommodait de cette nouvelle situation tant bien que mal. Elle fuyait sa présence ; elle ne voulait pas nourrir sa douleur déjà béante. Depuis qu'ils avaient cessé de se parler, elle souffrait jusqu'à la moelle de ses os. Il l'avait appréciée telle qu'elle était. Sans faux-semblants. Ils se comprenaient. Lui faire l'amour lui avait fait découvrir la passion, la vraie, seulement pacifiée par la tendresse qu'ils se portaient l'un à l'autre. Et voilà qu'il était inaccessible, tout proche et pourtant intouchable. Le manque ne la quittait plus.

— Je vais juste me faire un sandwich, souffla-t-elle.

— Tu ne peux pas survivre avec des sandwichs. Et puis, j'ai des choses à te dire – Charlotte et Jace vont se marier.

— Je m'en doute. Ils sont fiancés.

Danny sourit et attacha Rex dans sa chaise haute.

— Non, je veux dire, ils se marient la semaine prochaine. En Écosse, plus précisément.

— Oh ! mon Dieu ! Je suis si heureuse pour eux.

L'ascenseur tinta et le portier vint déposer leurs deux sacs de nourriture sur la table. Il serra la main de Danny, lança un clin d'œil à Marnie, et leur souhaita bon appétit avant de tourner les talons. Marnie arqua un sourcil.

— Les concierges et les portiers t'adorent tous, même si je ne te vois jamais leur laisser de pourboire…

Danny sortit deux assiettes et les boîtes encore fumantes.

— Tous les mois, mon père verse deux mille dollars à chaque propriété Hinton pour couvrir les pourboires. J'ai ajouté mille dollars pour ceux de mon immeuble.

Malgré elle, elle laissa échapper un petit rire. Voilà ce qui arrivait si elle restait quelques minutes en sa présence. Ils parlaient, ils riaient. Complices. Intimes.

Peut-être que ce soir elle pouvait s'attarder un peu ? S'accorder une conversation aussi neutre que possible, pour développer enfin une relation normale d'employeur à employée ? Et apaiser, secrètement, le besoin désespéré qu'elle avait de lui. Trouver un nouvel équilibre.

— Tu as acheté leur amour, Danny Manelli !

— Pas exactement, dit-il souriant, en servant les rouleaux de printemps. Je voulais juste me distinguer de mon père. Ce n'est pas vraiment mon appartement. Je me contente d'y habiter. D'après ce que je sais du patrimoine Hinton, toutes les propriétés sont techniquement au nom d'une société écran, et nous avons tous accès à tout ce que nous voulons, quand nous le voulons.

— C'est un peu bizarre…

— Oui, dit-il en l'observant attentivement, visiblement surpris qu'elle ne prenne pas la fuite. Je préférerais avoir moins de choses, mais en être le propriétaire.

— Mais tu peux aller où tu veux. C'est un plus.

— Oh ! tout à fait. Nous avons des avions, et Mark possède même deux îles à son nom.

Elle avait pris place en face de lui ; les baguettes en l'air, elle releva les yeux, bouche bée.

— Tu te fiches de moi.

— Non, non. Il a aussi au moins vingt-cinq propriétés, dont je ne sais combien d'appartements et de maisons en Europe. Il a des bateaux, des jet-skis. Un chalet à Aspen. Un ranch au Canada, un autre au Texas. Il envisage d'en acheter un troisième dans le Montana.

Elle avait du mal à imaginer une telle richesse. Son père et Roger Martin n'étaient que des petits joueurs, comparés à un homme comme Mark Hinton.

— Autant te dire que Leni, Charlotte et moi, qui avons tous grandi dans des familles modestes, avons eu un peu de mal à prendre nos marques.

Il lui sourit et, incapable de résister, elle lui rendit son sourire. Parler avec lui suffisait à lui réchauffer le cœur. Le silence retomba, empli d'une dévotion qui devait désormais rester tue. Danny finit par s'éclaircir la gorge.

— Bref, tout ça pour dire que tu vas devoir m'accompagner en Écosse.

Elle posa ses baguettes, hébétée.

— Moi ? En Écosse ?

— Rex fait partie de la cérémonie, et il est aussi invité aux célébrations qui suivent, mais j'ai besoin de quelqu'un pour le coucher, le nourrir à l'heure des repas…

— Danny ! Je n'arrive pas à y croire ! Je vais en Écosse ? Oh ! mon Dieu ! Il faut que je m'achète des vêtements. Et je vais vérifier la météo pour bien préparer les affaires de Rex !

Danny rit en la voyant se lever d'un bond.

— J'en déduis que tu es d'accord ?

— On ne peut plus d'accord. Je ne sais même pas comment te remercier. Quand partons-nous ?

— Le mariage est prévu pour vendredi. Notre avion part mardi.

— OK. C'est suffisant. Quatre jours pour se préparer !

Sur ces mots, Marnie abandonna son dîner et s'enfuit dans sa chambre dans un tourbillon d'enthousiasme. Danny rit doucement, enchanté de la voir si heureuse. Il y avait trop longtemps que ses beaux yeux verts n'avaient pas brillé d'un plaisir si sincère. Il avait hâte de découvrir l'Écosse à ses côtés, de profiter de sa présence solaire pendant une semaine d'insouciance. Il termina son assiette et débarrassa la table en bavardant avec Rex.

— Et toi, bébé ? Tu as hâte d'aller en Écosse ?

Rex battit des mains, et une réalité qu'il avait cru avoir déjà assimilée le frappa brusquement. Dans quelques jours, son petit garçon aurait voyagé à l'autre bout du monde. Dans quelques années, il fréquenterait les plus prestigieuses écoles de la ville, puis les meilleures universités du monde.

Il n'aurait jamais à s'inquiéter de son confort, de ses opportunités. C'était une chance, évidemment. Mais comment s'assurer que Rex aurait une enfance normale, et un sens moral solide, s'il avait accès à tout ce qu'il voulait, quand il le désirait ?

Après avoir rangé la cuisine, il souleva son fils dans ses bras et se prépara à aller le coucher. Marnie n'avait toujours pas refait surface ; sans doute regrettait-elle d'avoir été aussi familière avec lui. C'était peut-être mieux ainsi. Ils cherchaient encore leur équilibre ; un pas en avant ne réglait pas leur situation. Il fallait voir les choses en face : les privilèges de sa nouvelle vie lui avaient arraché Marnie, et il ne voyait pas de solution.

14.

Collée au hublot avec Rex sur les genoux, Marnie montrait les îles jouxtant le relief écossais en contrebas.

— Tu vois, chéri ? Tu vois comme c'est beau ?

— Moui, admit Rex en gigotant fébrilement.

Danny dissimula un sourire et tendit les bras.

— Allez, attachons-le. Nous allons bientôt atterrir.

Marnie l'aida à installer Rex dans son petit fauteuil.

— Même du ciel, le pays est magnifique.

— Oui, Charlotte dit toujours que c'est le plus bel endroit qu'elle ait jamais visité. J'ai hâte de voir ça.

— Tu n'as jamais été en Écosse ?

— Fils d'ouvrier, tu te souviens ?

Ils continuèrent de bavarder tranquillement pendant l'atterrissage, mais l'impatience de Marnie était palpable : elle regardait sans cesse la porte de l'avion en pianotant sur l'accoudoir, un sourire inconscient aux lèvres.

Durant le trajet vers le domaine des MacDonald, la famille de Jace, ils décrivirent le paysage à Rex, qui ne comprenait sans doute pas tout, mais accueillait leurs exclamations d'admiration avec enthousiasme.

À cet instant, grâce à la présence des deux personnes qui lui étaient les plus chères dans ce pays inconnu où il s'apprêtait à célébrer le bonheur de sa sœur, Dany se sentit libéré de toute responsabilité et de toute angoisse, et il se laissa submerger par un sentiment de plénitude.

— Tu as l'air heureux, remarqua Marnie.

— J'essaie de suivre les conseils de Charlotte. Elle m'a ordonné de lâcher prise et de profiter du bonheur, un peu.

— Je suis si contente pour elle. Je pense qu'elle a raison.

Leur limousine déboucha sur la grande allée circulaire, déjà pleine d'autres véhicules plus luxueux les uns que les autres. Marnie cligna des yeux, puis éclata de rire.

— Alors c'est à ça que ressemble une réunion de milliardaires ? Les agents de Jace vont passer une semaine cauchemardesque.

Réalisait-elle qu'elle riait déjà de sa famille comme si elle en faisait partie ? Qu'elle comprenait leurs qualités et leurs travers ? Elle aurait eu sa place parmi eux, si seulement…

Il sortit le premier et lui tint la portière.

L'énorme bâtisse en pierre était entourée d'un immense domaine verdoyant, de hauts arbres feuillus, et d'une charmante dépendance. La grande porte d'entrée était sculptée dans le bois, ornée d'un blason et du tartan familial.

— C'est si traditionnel, s'extasia Marnie en caressant les armoiries de bronze.

On les avait encouragés à entrer sans frapper ; avec Rex dans les bras, Danny poussa la porte et s'engouffra dans le grand hall. Ils suivirent les voix et les rires jusqu'à la cuisine.

— Nous voilà !

Charlotte bondit et les enlaça chacun leur tour avant de lui voler Rex au passage.

— Enfin ! On vous attendait. Oh ! et voilà mon amour !

Mark s'arrêta près d'elle, les bras tendus.

— Tu le vois toutes les semaines. C'est mon tour.

Ses parents adoptifs étaient aussi de la partie ; sa mère l'étreignit tendrement, et son père lui serra la main en lui tapotant l'épaule.

— Inscris-nous sur la liste d'attente, Danny. Nous voulons profiter de notre petit-fils, nous aussi, plaisanta-t-il.

— Je ne savais pas que vous étiez invités, dit Danny en souriant.

— Bien sûr qu'ils sont invités, rétorqua Charlotte. Nous

sommes une famille un peu étrange, mais nous sommes une famille, un point c'est tout.

Il croisa son regard clair et lui sourit avec reconnaissance. Charlotte avait raison. Personne ne s'attendait à ce qu'il abandonne ses parents. Il n'avait pas besoin de séparer son passé et son présent. La suggestion de Marnie lui revint, et, à l'idée d'acheter une maison dans sa ville natale et de retrouver ses racines, il sourit intérieurement.

Le père de Leni leva son verre.

— À la famille.

M. Long était un homme trapu, un ancien maçon qui travaillait maintenant avec sa fille sur la modernisation de leur village. Il était venu avec sa femme, une jolie petite brune. Près d'eux, Leni versa du champagne dans des coupes et Nick Kourakis, son fiancé, fit passer les verres. Les parents de Nick étaient présents, eux aussi.

— Bonjour, Danny, lança M. Kourakis. Cela fait trop longtemps ! Et qui est ton amie ?

Danny se tourna vers Marnie.

— Oh ! désolé, je manque à tous mes devoirs. Je vous présente Marnie Olsen, la nourrice de Rex.

Marnie lança un sourire timide à la ronde.

— Bonjour, tout le monde.

— Bienvenue parmi nous !

Le sourire de Marnie s'élargit. Ses beaux yeux verts pétillèrent de joie, ses joues rosirent, et elle leva son verre à son tour. Le cœur de Danny se serra douloureusement – frappé, comme souvent, par sa beauté et la sincérité si pure de son bonheur.

Autour d'eux, Charlotte plaisantait de ne pas pouvoir boire du champagne à son propre mariage, sous les yeux pleins de fierté de sa mère, Penny. Un bras autour de ses épaules, Jace souriait, immense et décontracté dans sa chemise à carreaux et son jean sombre. Les parents adoptifs de Danny, Terry et Gene Manelli, riaient avec les MacDonald ; puis sa mère tendit le plat de hors-d'œuvre à Marnie, qui, avec un petit rire, mordit dans un délicat petit-four.

Et au milieu du tumulte, Danny pouvait soudain imaginer le reste de sa vie. Tous les gens qu'il aimait autour de lui…

Une main sur son épaule le ramena à la réalité.

— Danny ? Un petit-four ?

— Non, je n'aurais plus faim pour dîner.

— Danny, mange ! Qui a invité ce rabat-joie ?

— *J'ai* invité ce rabat-joie ! s'exclama Charlotte. Il fallait bien quelqu'un pour nous recadrer !

La tribu entière éclata de rire, mais Danny fronça les sourcils. Il n'était pas rabat-joie, si ?

Rex se mit à geindre, et Marnie apparut aussitôt à ses côtés. Rex se lova contre elle en se frottant les yeux.

— À la maison, c'est l'heure de la sieste, expliqua-t-elle en souriant à la ronde. Quelqu'un pourrait-il me montrer où Rex et Danny vont dormir ?

— Nous vous avons installés dans la dépendance. Il y a une chambre pour toi, Marnie, et une autre pour Danny et Rex. C'est l'endroit le plus calme, pour que le bébé puisse mieux dormir. Par contre, il n'y a qu'une seule salle de bains.

— Aucun problème, répondit Danny.

Mais le cœur de Marnie avait raté un battement. Encore un danger : celui d'être intégrée à ce clan, si facilement. Elle n'avait jamais participé à une si grande, si turbulente réunion de famille. Trois cercles s'étaient rassemblés sous la coupe de Mark Hinton, leur patriarche. Elle ne pouvait s'empêcher d'apprécier Mark, malgré tous ses défauts. Il avait créé ici quelque chose d'exceptionnel.

Le père de Jace proposa de la conduire jusqu'à la dépendance et Danny offrit de se joindre à eux.

— Danny, profite de ta famille. Je vais juste coucher Rex.

Il lui jeta une œillade qu'elle ne parvint pas à interpréter. Ne voulait-il pas rester avec la horde Hinton ? Il avait l'air sincèrement réjoui, mais il leur emboîta tout de même le pas.

Le père de Jace, un homme à l'allure de bûcheron débonnaire, les quitta après leur avoir fait visiter la petite maison. Leurs bagages les attendaient déjà dans le salon.

— Cet endroit est adorable, dit Marnie en se postant à la fenêtre. Le domaine doit faire plusieurs hectares…

Danny retira sa veste et sa cravate, puis souleva Rex.

— Sans doute. Laisse, je vais le coucher moi-même.

Pour une fois, elle ne protesta pas. Elle se glissa dans sa propre chambre, une pièce pittoresque décorée d'une confortable courtepointe bleu ciel et de rideaux en dentelle. C'était comme voyager dans le temps – et dans un monde inconnu où la famille était un vrai foyer, avec ses traditions, ses symboles, ses couleurs.

— Rex s'est endormi dès que sa tête a touché l'oreiller.

Elle pivota. Danny s'était calé contre le chambranle, un demi-sourire aux lèvres. Il respectait son espace. Elle retint de justesse un geste de bienvenue, comme si l'accueillir dans sa chambre était la chose la plus naturelle du monde.

— Il doit être épuisé par le voyage. Retourne t'amuser, Danny ; je vais rester ici pendant qu'il dort.

Il hocha la tête, mais ne bougea pas.

— C'est étrange. Tout me semble si différent, ici.

— Assez différent pour que tu ne sois pas le rabat-joie de la tribu ? lança-t-elle taquine.

— Oh ! non, toi aussi, tu penses que je suis rabat-joie ?

— Je pense que tu es pragmatique.

Il poussa un grognement désespéré.

— Un rabat-joie, donc.

— Danny, dit-elle en riant. N'oublie pas. Tu as promis à Charlotte de profiter de ta semaine.

Il allait leur montrer. Il pouvait être insouciant, lui aussi ! Il savait s'amuser comme les autres. Il inspira profondément, planté sur le perron. Autour de lui, l'air était vivifiant, et le monde semblait magique. Il y avait dans cette campagne écossaise quelque chose d'étincelant.

Il entra dans la cuisine, où résonnaient encore des rires chaleureux. Le père de Jace avait déjà sorti son meilleur whisky, qu'il préférait largement au champagne. Certains s'étaient retirés dans leur chambre, fatigués par le voyage ; les autres étaient assis autour de la table. Il se versa un verre, mais décida d'aller profiter de la nuit estivale. Dans le jardin, il tomba sur un banc et savoura le parfum de la mare toute proche, des arbres humides, de l'herbe luxuriante.

— Je peux me joindre à toi ?

Il leva les yeux vers Mark. Pas exactement la personne qu'il voulait voir à cet instant, mais il s'était promis de s'ouvrir aux autres, n'est-ce pas ?

— Je t'en prie, assieds-toi.

— Je voulais m'excuser pour mon attitude. Tu sais... T'offrir un appartement individuel mais garder les codes de l'ascenseur pour aller et venir comme bon me semble.

Danny se tourna vers son père, surpris et touché.

— Merci, Mark.

— Tu ne t'es pas encore habitué à être mon fils, n'est-ce pas ? Ni à la richesse. À mon monde.

— Je fais ce que je peux, répondit Danny en souriant. Déjà, je ne t'ai pas envoyé sur les roses ce soir. C'est un progrès, non ?

— Crois-moi, j'apprécie cette évolution, s'esclaffa Mark en levant son verre. Mais c'était plus simple avec les filles. Elles ont accepté la situation et reconstruit leur vie.

— Tu n'as pas humilié Charlotte et Leni en les chargeant du dossier de ta succession puis en simulant ta mort.

— Tu m'en veux encore à ce propos ? Danny, je n'ai pas simulé ma mort, voyons.

— C'est cela, oui. Peu importe. Tu m'as imputé le dossier par népotisme. Je suis ton fils, Mark. Tu te rends compte de ce que cela signifie pour ma réputation professionnelle ?

— Je n'y avais pas songé. Je voulais juste que tu comprennes les tenants et les aboutissants de notre fortune mieux que personne. Et je ne regrette pas de vous avoir caché notre lien de parenté jusqu'à maintenant, Danny. J'avais des ennemis, et vous auriez été des cibles parfaites.

— Et plus maintenant ?

— Je suis à la retraite et la protection rapprochée a bien

évolué, depuis cette époque. Surtout quand on a mon budget. J'ai toute confiance en Jace.

Danny haussa les épaules et avala une gorgée de liqueur.

— Tu broies du noir, je le vois, déclara Mark.

— Non, je suis juste pragmatique. Tu n'as pas entendu ?

Mark rit en secouant la tête.

— J'ai juste entendu *rabat-joie*. Qui a dit pragmatique ?

— Marnie. Elle essayait de me rassurer, mais je crois que cela me vexe encore plus.

— Parce que c'est Marnie.

— Pardon ?

Mark finit son verre et se leva lentement.

— Tu sais, Danny, la pire erreur de ma vie, ce n'est pas de m'être séparé de mes enfants. C'est d'avoir quitté l'amour de ma vie. J'ai pensé à Penny tous les jours. J'ai dû faire le deuil d'une vie que nous n'avons pas pu partager. Ne marche pas sur mes traces, d'accord ? N'abandonne pas la femme que tu aimes. Fais tout ce qui est en ton pouvoir pour la garder.

Il s'éloigna avant que Danny ne puisse rétorquer. Sa riposte acide mourut sur sa langue. Bon Dieu, Mark devait-il toujours fourrer son nez dans ses affaires ?

Toutefois, derrière l'agacement, la révélation de Mark murmurait à son esprit et s'insinuait dans son âme. Son père avait-il raison ? Était-il amoureux de Marnie ? Si c'était le cas, il ne voulait pas vivre comme Mark, seul et désespéré, séparé de son âme sœur à cause de sa fortune. Non.

Fais tout ce qui est en ton pouvoir pour la garder.

Il ne restait qu'à trouver comment.

15.

Le mariage de Jace et Charlotte dépassa toutes les attentes de Marnie. L'exquise cérémonie se déroula en extérieur. Le domaine des MacDonald, ce jour-là, semblait nimbé d'un enchantement scintillant. Charlotte portait une magnifique robe de dentelle immaculée, et Jace un kilt aux couleurs de sa maison. Pendant un instant, leurs regards pleins de dévotion s'accrochèrent, et le temps sembla suspendu.

Mais l'homme le plus séduisant restait sans aucun doute Danny. Debout près du marié, avec son costume sombre, son élégant nœud papillon, ses cheveux disciplinés, il était absolument sublime. Pendant la cérémonie, son regard vogua sur l'assemblée et s'arrêta sur elle. Elle était assise sur une chaise blanche, face à l'arche fleurie sous laquelle Jace et Charlotte prononçaient leurs vœux, avec Rex sur ses genoux. Le bébé portait un petit costume bleu marine, et elle-même avait revêtu une jolie robe rose.

Elle inclina la tête, le cœur battant. Pourquoi Danny ne détournait-il pas les yeux, alors même que sa sœur promettait de chérir son nouvel époux ? À cause de Rex ? Ou pensait-il à la même chose qu'elle – au lien qui les unissait… ?

La fête commença aussitôt après la cérémonie. Pendant une bonne heure, les invités enchaînèrent les félicitations et les toasts. Sous la tente blanche, on servit du filet mignon et du poisson, puis, avec l'arrivée du champagne et du gâteau, s'élevèrent les premiers accords de la musique.

Vers 20 heures, Rex geignit dans ses bras. Il était l'heure d'aller au lit. Marnie était surprise qu'il se soit si vite habitué au décalage horaire. Elle fouilla l'assemblée du regard et fit signe à Danny qu'elle s'éclipsait avec le bébé.

Dans sa chambre, elle changea Rex, lui donna un biscuit, et joua un peu avec lui avant de le coucher.

Elle aussi commençait à fatiguer. Les muscles noués, les paupières lourdes, elle se prélassa dans le bain pendant vingt bonnes minutes avant de passer son pyjama et de sortir dans le salon. Danny entra au même moment. En la voyant, il fit immédiatement volte-face et se cacha les yeux.

— Oh ! désolé, s'exclama-t-il, penaud.

Elle rit doucement.

— Danny, mon pyjama est très couvrant. Tu m'as vue dans un short plus court que cela la semaine dernière.

— Je sais, mais… Je veux juste te respecter, c'est tout.

Sa gorge se noua. Elle avait trop souvent donné sa confiance à des hommes qui lui avaient refusé leur respect. Mais Danny… Danny lui redonnait confiance.

— Merci, Danny. J'allais juste regarder la télé. Tu es passé dire bonne nuit à Rex ?

Quoi d'autre ? Il n'était pas venu parce qu'elle lui avait manqué. Pourquoi tenait-elle donc tant à se faire du mal ?

— Oui, mais… Je suis exténué. Un peu de télévision et une nuit de quatorze heures me feraient le plus grand bien.

Elle comprenait très bien : voir sa famille était un vrai bonheur, mais cela demandait aussi de composer avec mille questions, mille plaisanteries. Elle lui sourit.

— On peut regarder la télé ensemble.

Un éclair de surprise passa sur son beau visage, mais il hocha la tête avec enthousiasme.

— Super. Je vais me changer et je te rejoins.

Pendant qu'il passait un T-shirt et un jogging, elle fit chauffer un paquet de pop-corn au micro-ondes. Ils s'affalèrent sur le canapé avec un soupir de bien-être.

— La fête bat toujours son plein ?

— Plusieurs personnes se sont déjà éclipsées, mais quand

j'ai souhaité bonne nuit à mes parents, ils s'apprêtaient à mettre le feu à la piste de danse.

Elle éclata de rire et piocha une poignée de pop-corn.

— C'est vrai qu'ils passent de la bonne musique.

— Quoi ? Tu aurais dû me le dire ! Nous aurions dansé.

— Nous ne pouvons pas vraiment…

— Marnie, personne ne sait qui tu es, ici. Personne ne sait qui je suis. On devrait en profiter, tu ne crois pas ?

Elle leva les yeux vers lui. Seule sa famille proche était invitée. Les agents de Jace s'étaient assurés qu'aucun membre de la presse ne puisse entrer sur le domaine.

La musique filtrait jusqu'à eux, ponctuée d'éclats de rire. Il avait raison : elle n'avait jamais été aussi libre qu'ici.

— J'aimerais aller me promener avec toi demain, murmura Danny. On pourrait laisser Rex à mes parents pour quelques heures et voir la campagne écossaise ?

Elle se laissa sombrer dans l'intensité de ses yeux sombres. Elle ne dit rien, le cœur battant.

— Personne ne nous reconnaîtra, Marnie. S'il te plaît. Chaque fois que je te regarde, mon cœur me fait mal. Tu me manques. Je t'offrirais le monde entier, si je le pouvais. Je sais que c'est impossible et je respecte ta décision. Mais ici, nous pouvons oublier les règles que la vraie vie nous a obligés à adopter. Être nous-mêmes… Et être ensemble.

Elle glissa sa main dans la sienne, les yeux brûlants de larmes. Elle était hantée par les images de leur première soirée, de leur premier baiser, de leur nuit d'amour, par tous ces paroxysmes de ferveur. Et l'émotion qui la submergeait ce soir était plus profonde encore, plus indéfectible. Simplement parce qu'elle était là, à ses côtés, leurs doigts entremêlés, et parce qu'elle voulait Danny de toute son âme.

— Si nous trouvons quelqu'un pour surveiller Rex…

Avec un sourire, il glissa un bras autour de ses épaules. Elle se nicha contre sa poitrine, bercée par son pouls.

— Ils vont tous se battre pour le privilège, tu verras.

Elle sourit et savoura la simplicité de l'instant. Le parfum de sa peau chatouillait ses narines. Elle ferma les yeux.

— Ne t'inquiète pas, d'accord ?

— Non, je ne m'inquiète pas, promit-elle.

Tout était plus lumineux, ce matin, pendant qu'ils roulaient vers le village le plus proche. La veille, après leur chaste baiser de bonne nuit, Danny s'était couché apaisé. Il avait rendez-vous avec Marnie. Pas un rendez-vous très orthodoxe, certes, mais tout de même : quelques heures ensemble, légères et sincères et infiniment précieuses.

Il avait opté pour un jean et un T-shirt passe-partout. Aujourd'hui, il n'était pas un homme riche ; il n'était qu'un touriste parmi tant d'autres. Au petit déjeuner, sa famille lui avait proposé d'utiliser la discrète Sedan des MacDonald. Et maintenant, Marnie et lui filaient à travers la campagne verdoyante, libres comme l'air.

Marnie souriait à côté de lui. Ses longs cheveux auburn cascadaient dans son dos, chatoyant sur le rose de sa jolie blouse. La voir ainsi, si manifestement allègre, le remplissait de bonheur. Il aurait aimé prendre sa main dans la sienne et ne jamais la laisser partir.

Bien sûr, il n'oubliait pas ses peurs. Il n'oubliait pas qu'il était impuissant face à ses doutes. Il ne mentirait pas, ni à elle, ni à lui-même, en prétendant que leurs difficultés avaient disparu. Mais ici, à l'autre bout du monde, ils étaient libres d'être l'un à l'autre.

— Aujourd'hui, nous partons à l'aventure, annonça-t-il d'un ton solennel.

— Oh ! vraiment ? Tu as trouvé une horde de Vikings à combattre, monsieur Manelli ?

— Hé, ne mets pas en doute les dangers de la campagne écossaise ! Ils sont connus pour leurs fantômes, tu sais ?

Elle s'esclaffa. Avec Danny, tout était si facile. Elle avait passé des semaines à s'inquiéter pour elle-même, et voilà qu'il lui offrait un répit, aussi éphémère soit-il. Elle savait qu'il en avait autant besoin qu'elle. Mark Hinton avait privé Danny de la possibilité d'avoir une vie normale. Il lui avait enlevé son anonymat, son nom, ses mérites professionnels, sa sérénité.

Ils garèrent la voiture et descendirent à pied vers le village en contrebas. C'était comme entrer dans un conte de fées : chaque rue aux pavés inégaux, chaque maison aussi jolie qu'une sculpture en pain d'épice, chaque toit coloré et chaque vitrine rustique semblaient sortis d'un rêve.

— Oh ! c'est si joli ! s'exclama-t-elle.

— Et si calme…, souffla Danny, admiratif.

Elle glissa son bras sous le sien et se pelotonna contre lui. Là, dans cette bulle feutrée, elle voulait partager avec Danny toute la félicité qu'ils perdraient en retournant à New York. Elle voulait garder cet instant en elle, précieusement. Elle voulait le toucher avec lenteur, avec tendresse, non plus guidée par l'assouvissement fiévreux de leur première fois. Elle voulait s'offrir à Danny lorsqu'elle était entièrement libre ; et chérir ce souvenir quand elle ne le serait plus.

Elle voulait qu'il la touche, qu'il l'embrasse, qu'il explore avec elle le désir qui chuchotait toujours entre eux.

— Allons acheter des souvenirs, proposa-t-il.

— Acheter… des souvenirs ? dit-elle en riant, incrédule.

Ce n'était pas exactement ce qu'elle avait en tête. Mais après tout, peut-être réussirait-elle à utiliser un peu de la magie locale pour réchauffer les veines et l'esprit de Danny.

16.

Plantée devant le présentoir, Marnie lui jeta un coup d'œil espiègle et brandit un kilt.

— Tu devrais essayer. Ça t'irait très bien.

— Je ne suis pas écossais.

— Je te cherche une chemise blanche… Et une ceinture.

— Quoi ? Marnie, tu plaisantes !

— Tu serais terriblement sexy, susurra-t-elle.

Le pouls de Danny s'accéléra. Marnie ne lui avait jamais tendu la perche d'une façon aussi audacieuse, en Amérique.

— Si tu continues, je vais t'embrasser ici et maintenant.

— Pour une fois, tu as le droit, non ? le défia-t-elle.

En une seule enjambée, il avala l'espace qui les séparait. Sa main trouva sa nuque et leurs lèvres se joignirent, tendres, puis brûlantes. Le désir. La passion. Le bouillonnement de son sang, le frisson de sa chair.

Il rompit le baiser avec un petit rire et appuya son front contre le sien. Elle caressa sa joue.

— Danny, nous n'avons qu'une journée. Non, nous n'avons que quelques heures. Je veux faire l'expérience de ce que nous pourrions être si nos difficultés n'existaient pas.

Il hocha la tête, prit sa main, et retourna à la voiture. Il n'y avait pas d'hôtel dans le village ; et il voulait la toucher, l'explorer, la posséder jusqu'à l'oubli. Il voulait se perdre dans leur double ardeur, juste aujourd'hui.

— Où allons-nous ?

— À la maison. Jace et Charlotte partent en lune de miel et la famille comptait les accompagner à l'aéroport. Nous serons tranquilles dans la dépendance. Il y a des verrous sur les portes, de toute façon.

Il prit le chemin du retour sur les chapeaux de roues, et, une fois arrivés, ils coururent en riant jusqu'au pavillon. La porte claqua, la clé tourna, et ils s'embrassèrent à perdre haleine. Mais ici, il n'y aurait pas d'urgence, pas de fébrilité : il voulait savourer chaque seconde, il voulait que cette escapade dure une éternité.

Il l'aida à enlever sa jolie blouse rose, elle l'aida à enlever son T-shirt. Malicieuse, elle proposa :

— On devrait prendre notre temps. Mettre un peu de musique, s'asseoir, discuter politique…

Il éclata de rire et la souleva dans ses bras. Elle recommença allègrement à l'embrasser pendant qu'il reculait vers la chambre, ouvrait la porte d'un coup de pied, et tombait dans le lit.

Il dut lutter pour dompter sa fièvre et la frénésie de leurs caresses. Lorsqu'il sentit son corps tiède, nu et souple sous lui, les secondes se cristallisèrent. Ses yeux étincelants, la courbe de sa bouche, la douceur de sa peau marquèrent son esprit d'une empreinte indélébile.

Parce qu'ils savaient qu'il serait fugace, leur bonheur avait un goût de désespoir, mais Danny s'obligea à l'ignorer encore un peu. Il voulait savourer chaque parcelle de Marnie, chaque facette ; sa douceur et son humour, son professionnalisme et son intelligence, ses excentricités et ses tendresses. Elle était si fine, si chaleureuse, si subtilement délurée, si amusante, si passionnante. Avec elle, il était tous les hommes qu'il voulait être. Un bon père, un bon avocat, un bon fils, un partenaire. Et son amour pour elle le submergea aussi irrésistiblement que sa jouissance.

Pendant qu'elle reposait dans ses bras, somnolente, il tenta de se souvenir qu'il risquait son cœur, qu'il avait accepté leur rupture. Mais il ne pouvait ignorer le bonheur d'être avec elle, ni l'espoir de pouvoir un jour vivre à ses côtés.

Il l'embrassa, et elle rit contre sa bouche ; le son perlé l'emplit d'un manque lancinant. Marnie était son éternité.

Ils firent l'amour une nouvelle fois, plus langoureusement, plus profondément, et exultèrent à l'unisson. Il n'avait jamais connu un plaisir si intime, si vibrant. Il aurait voulu s'y noyer encore et encore.

Il avait toujours le souffle un peu court quand son portable sonna. C'était Mark.

— Bonjour, Danny ! Rex est en pleine forme, alors nous avons décidé de déjeuner en ville. On sera de retour vers 3 heures pour la sieste du petit, si cela te va ?

— C'est parfait.

Après avoir raccroché, il sourit à Marnie.

— Il nous reste deux heures.

— Tu veux peut-être manger ?

— Peut-être, ronronna-t-il en l'attirant dans le creux de ses bras. Mais d'abord, je veux rester là et ne rien faire.

Elle se redressa sur un coude. Ses cheveux lumineux ruisselaient sur son épaule. Sa beauté lui coupa le souffle.

— De quand datent tes derniers congés, Danny ?

— Oh oh, s'esclaffa-t-il. Arrête. On dirait Mark.

— Tu sais que je ne prends pas cela comme une insulte ?

Elle laissa glisser ses doigts sur sa poitrine. Un frisson de bien-être le parcourut.

— Ah non ? Tu l'as déjà rencontré ?

— Écoute, je comprends pourquoi tu lui en veux. Mais je pense qu'il fait des efforts. C'est grâce à lui que tu as cette nouvelle famille. Il a accueilli tout le monde à bras ouverts. Il ne joue pas la carte du patriarche tyrannique sous prétexte qu'il est riche. Il n'a pas exclu vos parents adoptifs. Il veut le bonheur de tous.

Le sourire extatique de ses parents lui revint. Grâce à Mark, ils découvraient l'Écosse, et ils iraient aussi à Paris.

— Quand je vois ta famille, continua Marnie, je vois un puzzle. Des centaines de pièces éclatées. Vous devez trouver comment agencer tous les morceaux pour qu'ils se recollent. Mark vous a réunis, et il vous offre l'opportunité de vous connaître, de vous épanouir. Mais c'est à vous, ses héritiers, de créer l'image finale, de construire votre clan.

Il la contempla un long moment, frappé par cette description si juste. Elle lui offrait une perspective que, en raison de sa blessure, il n'avait pas voulu voir jusque-là. Il ne s'était jamais senti aussi compris, aussi parfaitement épaulé.

Il se redressa pour capturer ses lèvres. Comme avait-il jamais pu songer à la laisser partir ? Non. Il ne pouvait pas la perdre. Il se battrait pour eux. Il se battrait pour elle.

Le lendemain, ils reprirent l'avion pour New York. Marnie aurait tout donné pour ne pas rentrer chez elle. Pendant le trajet, ils n'échangèrent que des monosyllabes. Arrivés à leur immeuble, Danny serra Rex dans ses bras et Marnie les suivit à l'intérieur, l'esprit en ébullition. Cet appartement avait été son foyer pendant des semaines, mais aujourd'hui il lui semblait froid et vide. L'Écosse lui manquait – l'Écosse, et la famille turbulente, les cieux azur, les collines verdoyantes, les conversations libres, les rires… Et l'amour, facile et léger. Danny n'avait pas prononcé les trois mots fatidiques, mais elle les avait devinés dans chaque attention. La veille, ils avaient dormi ensemble dans sa jolie chambre bleue. Dans les bras l'un de l'autre, liés, emmêlés.

Et après un tel bonheur, New York, ses journalistes, ses gardes du corps lui faisaient l'effet d'une prison.

Danny déposa Rex dans sa chaise puis demanda au chauffeur de laisser leurs bagages. Une fois seuls, ils se tournèrent l'un vers l'autre. Le silence était assourdissant.

— Puis-je emporter ta valise dans ma chambre ? dit-il.

Son cœur manqua d'éclater dans sa poitrine.

— Vraiment ?

— Tu ne veux pas dormir avec moi ?

Elle voulait tout faire avec lui. Mais combien de temps leur restait-il ? Chaque seconde était une seconde volée…

Elle pourrait bien s'en inquiéter plus tard, n'est-ce pas ?

— Tu sais bien que si, souffla-t-elle.

Ils s'embrassèrent sur un sourire allègre, mais Rex se mit bien vite à tambouriner sur son petit plateau. Elle rit et le rejoignit dans l'espace cuisine.

— Papa a oublié de te donner ton jus de pomme, hein ?

Elle remplit son gobelet en plastique et Rex la remercia d'un piaillement de joie. Derrière elle, Danny glissa ses bras autour de sa taille. Elle savoura le picotement de sa barbe naissante contre sa tempe.

— Je dois aller au travail… Je ne sais pas comment tu vas gérer la journée de Rex avec le décalage horaire.

— J'ai déjà tout prévu, dit-elle en se tournant dans ses bras. Je vais lui faire faire deux petites siestes dans la journée, jouer avec lui entre-temps, et il sera épuisé à 20 heures.

— Mon héroïne, dit-il en riant.

Elle savoura la chaleur de son sourire, la douceur des cheveux qui bouclaient sur sa nuque. Pourquoi avait-elle si peur ? Ils pouvaient agir comme ils le désiraient, dans l'intimité de l'appartement. Elle avait le droit d'être heureuse. Le droit d'être auprès de lui. Et c'était tout ce qui comptait.

17.

Danny demanda un rendez-vous à Jace dès son retour de lune de miel. Dans les bureaux d'Around the World Security, installé dans le fauteuil le plus inconfortable de la création, il lança sans préambule :

— Je veux que tu enquêtes sur Marnie.

Jace fronça les sourcils.

— Elle te pose problème ?

— Non. Elle *a* des problèmes.

— Depuis son lycée, c'est ça ? Nous le savons.

— Vous le savez ?

— Bien sûr. Tu ne crois pas que j'aurais laissé qui que ce soit s'approcher de Rex sans fouiller dans sa vie, non ?

Danny poussa un soupir.

— J'espérais que tu n'avais rien trouvé, à vrai dire.

— Son nom n'apparaissait nulle part avant ses seize ans, Danny. Je ne pouvais pas ignorer l'anomalie. Nous avons vite compris qu'elle avait commencé à utiliser le nom de jeune fille de sa mère, puis découvert que son père était Eddie Gouse… et nous avons suivi la piste jusqu'au bout.

— Alors tu sais ce qui lui est arrivé. Elle a peur, Jace.

— Que les photos refassent surface ?

— Que les photos ruinent sa vie. J'espérais pouvoir la rassurer en lui montrant que même la meilleure agence de sécurité de la ville n'avait rien trouvé sur elle…

— Parce que vous avez une relation, devina Jace.

— Peu importe notre relation. Je veux qu'elle puisse vivre sa vie comme elle l'entend.

— Danny, Marnie est adorable. Mais si elle n'est pas capable d'affronter son passé, elle n'est pas faite pour toi.

Il fronça les sourcils, piqué au vif. Qu'en savait-il ? Que savait-il des souffrances de Marnie, et des sentiments qu'ils avaient l'un pour l'autre ? Bien sûr qu'elle était faite pour lui ; avec elle, il avait découvert le bonheur simple et ineffable d'avoir trouvé sa place. Plus que tout, il voulait donner une chance à leur idylle.

— Tu ne crois pas qu'elle a assez souffert, non ?

— Si elle devient ta petite amie publiquement, tu ne pourras pas empêcher la presse de fouiner.

— Je commence tout juste à m'accommoder de Mark, soupira Danny en passant une main lasse sur son front. Mais je ne veux plus de ce statut. Je ne veux pas être un Hinton.

— Tu n'as pas le choix. Charlotte aussi voulait refuser son héritage. Danny, la presse serait encore plus curieuse si tu refusais ta fortune. La seule différence, c'est que tu n'aurais plus d'équipe de protection.

— Nous pourrions déménager en Écosse.

— Et ils te retrouveraient, rétorqua Jace, en souriant un peu tristement. Ils trouveront toujours les protagonistes d'une bonne histoire. Sincèrement, tu es bien moins intéressant si tu acceptes tes milliards sans faire de vagues.

— Sauf pour Marnie.

— Sauf pour Marnie. Tu sais aussi bien que moi ce qui va se passer. Les journalistes vont creuser dans le passé de Marnie dès qu'elle aura attiré leur attention, comme ils l'ont fait avec Leni à son arrivée. Ils vont vite comprendre qu'Olsen n'est pas son vrai nom, et ensuite, il suffit de tirer sur le fil rouge jusqu'au jackpot.

Danny se leva en secouant la tête, le cœur lourd.

— Tu veux mon avis ? ajouta Jace. Prends le contrôle. Fais publier son histoire avant que quelqu'un d'autre ne la trouve. Si ce n'est pas un secret, elle perd son intérêt.

— Je ne veux pas qu'elle souffre, Jace.

— C'est la seule solution pour prendre l'avantage, Danny.

Quand Danny rentra cet après-midi-là, Marnie remarqua immédiatement que quelque chose n'allait pas. Il n'arrivait habituellement qu'en début de soirée, et jamais avec une expression aussi sombre. Aussi... épuisée.

— Hé... Que se passe-t-il ?

Elle déposa un baiser sur ses lèvres. Il recula et secoua la tête. Un premier éclair de panique la traversa.

— J'ai besoin d'un verre. Tu veux quelque chose ?

— Pas pendant mon service, patron.

— Un seul verre ne te fera pas de mal.

— D'accord, tu m'inquiètes. Raconte-moi.

Il posa la bouteille encore fermée sur le bar.

— Je suis allé voir Jace aujourd'hui. Pour lui demander d'enquêter sur toi.

Le silence tomba comme un couperet. Médusée, elle s'affala sur le sofa avec un murmure étonné.

— J'espérais te prouver que même les meilleurs agents peineraient à retrouver ta trace, mais il savait déjà tout.

Une étrange sensation monta en elle, froide, détachée. Le passé et le présent se heurtèrent, glacés.

— Donc je ne suis pas aussi discrète que je l'espérais. Et il m'a laissée travailler pour toi malgré tout ?

— Bien sûr. Marnie, tu es la victime, pas l'agresseur.

— Mais...

— Mais il est convaincu que la presse ne mettra pas longtemps à creuser et que tu devrais les attaquer de front.

Son sang se figea dans ses veines.

— Il pense que la seule solution est de rendre l'affaire publique avant qu'ils ne la découvrent, ajouta Danny.

— C'est ridicule. Je suis la nourrice de ton fils. Pourquoi voudrait-on écrire quoi que ce soit sur moi ?

— Si notre relation devenait officielle, ce ne serait pas ridicule. Ils se battraient pour une interview.

— Non, asséna-t-elle, immédiatement, sans appel.

— Marnie, s'il te plaît... Nous partageons quelque chose

d'exceptionnel. Quelque chose de précieux. Je ne veux pas te perdre. Je veux être avec toi.

Il s'assit près d'elle et glissa sa main dans la sienne. Elle ferma les yeux pour retenir ses larmes. Bien sûr, bien sûr que leurs sentiments étaient précieux. C'était pour cela qu'elle avait chéri chaque instant, gravé chaque souvenir au creux de son cœur, dans l'espoir de tout mémoriser. Et Danny ne méritait pas d'avoir à se cacher. Il se lasserait bien vite de ne pas pouvoir sortir avec elle, de dissimuler leurs moments d'intimité, de mentir à sa famille. De n'avoir aucun avenir.

À cet instant, elle comprit qu'ils entamaient le début de leur rupture. Doucement, à petit feu, une torture lente.

Il se leva brutalement.

— Pas besoin de prendre une décision tout de suite. Quoi qu'il arrive, Jace nous soutiendra. Je commande italien ?

Si patient. Si plein de compassion. Il méritait tout l'amour, toute la liberté, toute la chaleur du monde. Et elle avait espéré l'emprisonner avec elle.

— Parfait. Rex adore sucer les spaghettis, répondit-elle avec un sourire.

Ce soir-là, ils firent l'amour avec passion, et Danny s'endormit dans ses bras. Mais, dans le silence de la nuit, Marnie savait que le compte à rebours avait commencé.

18.

Chaque jour devint un peu plus important, un peu plus spécial aux yeux de Marnie. Elle câlinait Rex autant qu'elle le pouvait, aimait Danny plus intensément et plus profondément.

Une semaine plus tard, alors que le petit jet assigné à Danny atterrissait à Paris pour le mariage de Mark Hinton, une sensation exquise de sérénité apaisa un peu son cœur. Pour un week-end, elle était de nouveau anonyme.

Comme l'appartement parisien de Mark ne pouvait accueillir tout le monde, il avait loué deux étages d'un hôtel luxueux. Marnie et Danny avaient de nouveau été installés dans une suite à deux chambres, avec le berceau de Rex dans celle de Danny. L'intérieur était absolument splendide. Des fleurs fraîches reposaient sur chaque surface étincelante, des tapis colorés recouvraient les parquets lustrés, et une vue panoramique de la tour Eiffel illuminait le salon.

— Alors, quel est le programme ? demanda Marnie, assise sur le sofa blanc, en faisant sauter Rex sur ses genoux.

— Pas de programme. Mark et Penny veulent une cérémonie intime. Il n'y a même pas de dîner de répétition.

— Alors la soirée est à nous ?

— Absolument. On peut aller faire les touristes. Marcher le long de la Seine. Dîner au restaurant.

— Il faut que j'habitue Rex au décalage horaire.

— Oh ! ne t'inquiète pas. Mes parents ont demandé à le garder. Ils veulent que nous profitions de la ville.

— Ils… savent ? s'enquit-elle en croisant son regard.

— Je suis désolé. Toute la famille a deviné.

Un petit rire lui échappa. Elle aurait dû s'en douter : ils la traitaient tous comme une amie plutôt qu'une employée.

— Ne t'inquiète pas. Je savais que nos regards énamourés n'étaient pas très discrets.

Il rit et la serra contre lui.

À 8 heures, ses parents les rejoignirent pour prendre Rex, et le père de Danny les poussa dehors.

— Allez vous amuser ! Nous prendrons soin du petit.

Ils sortirent dans la nuit tiède et lumineuse de Paris avec le cœur léger. La soirée s'annonçait idyllique. Elle était avec l'homme qu'elle aimait le plus au monde, ses parents semblaient l'apprécier, et ils avaient des heures devant eux.

— Mes parents sont arrivés il y a quelques jours pour prendre le temps de visiter.

— Et pour passer du temps avec toi et Rex.

— Oui. Je suis heureux que notre relation s'améliore. J'ai trouvé une maison au bout de leur rue, mais il n'y a aucun meuble. J'imagine que je pourrais engager un décorateur…

— Mais c'est tellement impersonnel.

— Exactement. Et ma mère a envie de m'aider, alors… Je crois que nous allons partager le projet en famille.

Elle sourit et prit sa main.

— Bonne idée. Après tout, tu achètes aussi cette maison pour leur prouver qu'ils comptent à tes yeux, non ? Et ta mère va adorer pouvoir passer du temps avec toi.

Il caressa ses phalanges en hochant la tête.

— Où allons-nous ? demanda-t-elle.

— Dans un restaurant à quelques rues d'ici. Je me disais que tu préférerais marcher ?

— Oui, c'est parfait. La nuit est magnifique.

Il glissa son bras autour de ses épaules et elle se serra contre lui avec un soupir de contentement.

— C'est vrai, souffla-t-il. Et il n'y a rien de plus beau que de la partager avec la femme que j'aime.

La déclaration, confiée si simplement, ne la frappa qu'à retardement ; elle s'arrêta net, touchée en plein cœur.

— Danny… Tu m'aimes ?

— Oh. Pas toi ? s'étonna-t-il.

Il plongea son regard sombre dans le sien, et elle s'y accrocha, le pouls en cavale. Son passé rampait derrière elle, nocif – mais elle était à Paris avec l'homme de sa vie. Non, rien ne pouvait gâcher cet instant.

— Si, je t'aime aussi, souffla-t-elle, les larmes aux yeux.

Il l'embrassa passionnément en la soulevant contre son corps solide et fiévreux. Chaque détail s'incrusta en elle comme un joyau, la douceur de sa bouche, la force de son buste, la chaleur dans son âme…

Et la voix suppliante qui lui chuchotait qu'elle n'était pas tenue d'abandonner un tel bonheur. Leur amour méritait de tout risquer, malgré la peur bouillonnante. Mais comment ?

Toute la soirée, personne ne leur prêta attention. Danny avait gardé son nom, Manelli, et personne ne reconnaissait son visage, ici. Leur dîner était intime, leur promenade anonyme, et, dans cette bulle secrète, il n'y avait qu'eux.

C'était si simple… Bien sûr, pour l'instant, Danny aimait son travail à Waters, Waters & Montgomery ; mais bientôt, il voudrait avancer. Il pouvait aller où il le désirait. Suivre toutes ses envies. Et quand il serait prêt, elle suggérerait de déménager en Espagne, en France ou en Italie. Ils pourraient tout reconstruire. Ils pourraient être eux-mêmes. Elle aurait enfin un avenir.

C'était la solution idéale.

Le mariage de Mark et Penny se déroula au musée Rodin. Penny était divine dans sa robe courte, et Mark radieux dans son costume sombre. Après l'émouvante cérémonie, la séance photo sembla durer des siècles, et l'organisateur de mariage se transforma en tyran absolu. Rex se mit à pleurnicher dans ses bras – mais rien ne pouvait émousser le bonheur de Danny. La veille, Marnie s'était totalement offerte à lui. Plus de barrières, plus d'hésitation. Il avait senti son adoration dans chaque baiser, dans chaque rire, deviné sa quiétude lorsqu'elle avait sombré dans un sommeil paisible. Avait-elle enfin pris sa décision ? Avait-elle choisi de rendre leur relation publique ? Oui, sans aucun doute. À son retour, il appellerait Jace, et ils trouveraient un journaliste discret qui saurait raconter son histoire avec empathie.

Ce soir-là, Marnie ne prit pas la peine de cacher leur joie devant sa famille. Sa main dans la sienne, elle discuta avec ses sœurs, plaisanta avec sa mère, et accepta l'invitation de Leni à venir dans son village natal pour Noël.

C'était la meilleure soirée de sa vie.

Comme Rex tombait de sommeil, ses parents proposèrent d'aller le coucher dans leur suite. Il accepta leur proposition avec reconnaissance. Il dansa avec Marnie jusqu'à ce que l'orchestre plie bagage, et encore un peu après cela.

Devant leur hôtel, des hommes mal attifés en train de fumer s'étaient attroupés près des portes malgré l'heure tardive. Marnie fronça les sourcils, un peu inquiète. Leur présence était étrange, pour un endroit aussi élégant, et en plein milieu de la nuit. Quand Danny se tourna vers elle pour l'aider à sortir de la limousine, les inconnus s'agitèrent. Danny resserra son étreinte autour d'elle et accéléra le pas. Du coin de l'œil, elle remarqua leur garde du corps s'arrêter devant les portes de verre et garder l'entrée de l'hôtel.

— Que se passe-t-il ? dit-elle, une fois dans l'ascenseur.

— Je crois que quelqu'un m'a reconnu.

Un frisson lui parcourut l'échine.

— Ils t'ont reconnu ? Ou ils t'attendaient ?

— Ne t'inquiète pas, Marnie. Je suis sûr qu'ils sont là pour le reste de ma famille. Je ne suis pas le plus intéressant.

Elle hocha la tête. C'était crédible : les journalistes attendaient sûrement des photos des nouveaux mariés, ou de Charlotte et de son ventre arrondi.

Cependant, une angoisse persistante s'était logée dans son estomac ; et même ce pressentiment insidieux ne pouvait la préparer à ce qui les attendait à Manhattan.

— Danny ! Danny ! Danny Manelli !

Devant leur immeuble, la horde de reporters hurlait à qui mieux mieux et tentait de leur barrer la route. Marnie détacha Rex du siège auto et le serra contre son cœur pour traverser la foule.

— Comment s'est passé le mariage ?

— Êtes-vous proche de votre nouvelle belle-mère ?

Dès qu'ils eurent passé la porte, les agents de Jace firent barrage derrière eux, et Danny se hâta de fermer les portes de l'ascenseur. Dans la cabine soudain silencieuse, Marnie tenta de calmer son souffle saccadé.

— Je suis désolé, Marnie. Mark a publié un communiqué de presse après le mariage. Ils sont juste curieux. Mais ils n'ont pas parlé de toi. Ils n'ont même pas vu ton visage.

Elle étreignait toujours Rex, prête à servir de bouclier contre quiconque lui aurait voulu du mal. Une fois dans l'appartement, elle le relâcha légèrement et embrassa son front. Cette fois-ci, les mots de Danny ne la réconfortaient pas. La presse ne la prendrait jamais pour la nourrice, alors qu'elle revenait d'un voyage avec les Hinton et enlaçait Rex avec tant d'émotion. Ils penseraient qu'elle était la mère de Rex, ou au moins la petite amie de son père. La peur s'insinua en elle.

— Marnie, ce n'est pas grave, répéta Danny.

— C'est grave !

Danny prit Rex dans ses bras et la mena par la main jusqu'au canapé. Il s'assit auprès d'elle.

— Pas si nous prenons les devants. J'ai parlé à Jace ce week-end. Je lui ai dit que j'étais d'accord avec lui. Nous devrions donner une interview avant que la presse ne se saisisse de ton histoire et la déforme. Jace connaît une journaliste parfaite pour s'en occuper.

Elle avait la gorge serrée.

— Tu tiens encore à cette idée ?

— J'y tiens encore plus depuis que tu m'as dit que tu m'aimais. Nous ne pouvons pas continuer ainsi.

— Je… Je pensais que nous pourrions déménager… Où personne ne nous connaît ? Dans un autre pays ?

— Mon travail est ici. Ma vie est ici.

— Tu ne vas pas rester chez Waters, Waters & Montgomery indéfiniment, murmura-t-elle, la bouche sèche. Tu peux faire ce que tu veux. Aller où tu veux.

— Non ! Je ne veux pas abandonner mon travail. C'est la seule chose qu'il me reste de ma vie d'avant. C'est un choix qui fait partie de moi. J'ai travaillé dur pour devenir avocat. C'est ce que je suis.

— Et je suis mon secret, murmura-t-elle, exténuée.

Leur compte à rebours était arrivé à échéance. La réalité faisait terriblement mal. Peut-être étaient-ils faits l'un pour l'autre… Mais leurs vies n'étaient pas conciliables.

— Ton secret fait partie de ton passé, mais ce n'est pas toi.

— Tu te trompes. Ce qui m'est arrivé a guidé ma carrière, guidé mon éducation, modelé ma personnalité. Je me suis toujours fondue dans le décor plutôt que de prendre la vie à bras-le-corps, et c'est à cause de ce que j'ai vécu.

— Tu as une chance de laisser tout cela derrière toi. Un entretien avec une bonne journaliste, et tu seras libre.

Elle secoua la tête, la gorge nouée par la panique.

— Peu importe que la journaliste soit la plus compréhensive du monde. Il y aura toujours des critiques, des insultes, des moqueries, des spéculations…

— Tu ne peux pas continuer à vivre dans le mensonge.

— Je ne vis pas dans le mensonge, je vis dans le secret.

— Mais si tu confies ton secret, il perdra le pouvoir qu'il tient sur toi. Tu seras libre, Marnie, répéta-t-il.

Oh ! elle savait ce qui l'attendait ; sa photo placardée dans les magazines, les journalistes sur ses traces dans la rue, les regards de mépris, les accusations mesquines. Toute la violence qu'elle avait déjà connue, encore amplifiée par le nombre et le pouvoir de ses détracteurs. Et cette fois, elle ne serait pas la seule à souffrir…

— Non. Non ! s'écria-t-elle. Je ne peux pas, Danny.

Rex geignit contre l'épaule de son père. Danny se leva, mais ne lâcha pas tout de suite sa main.

— Je vais le coucher et je reviens pour en discuter.

— Il n'y a rien à dire, Danny.

— Pas même que tu m'aimes, et que je t'aime, et que nous en valons la peine ?

Elle le regarda dans les yeux. Cette fois-ci, elle ne voulait pas mémoriser l'éclat de son regard. La douleur, la confusion, le chagrin, et un soupçon de colère. Elle comprenait : elle aussi était en colère. Contre ceux qui avaient joué avec sa vie jusqu'à ce qu'elle se brise. Contre ceux qui continueraient de mettre en doute sa parole, de construire des mensonges cruels sur une vérité déjà trop laide, de lui poser les mauvaises questions. Elle inspira profondément et trouva la force de répondre sans trembler :

— Nous savions tous les deux que notre histoire ne pouvait pas durer, Danny. J'espérais juste que nous aurions un peu plus de temps.

Il serra sa main dans la sienne.

— Juste une seconde. Je reviens tout de suite. Nous allons trouver une solution. Je suis là, Marnie.

Elle sourit légèrement, sans hocher la tête. Elle n'avait plus la force de mentir. Elle ne pouvait supporter de revenir en arrière, à l'époque où elle avait été si seule, si vulnérable, si fragile que la simple idée de sortir de chez elle lui arrachait des sanglots. Elle ne pouvait pas laisser les vautours fouiller dans ses entrailles encore une fois.

Quand Danny disparut dans le couloir, elle courut à sa chambre, jeta ses affaires dans un sac, et partit.

Son téléphone sonna cent fois ce soir-là. Elle effaça les messages de Danny sans les écouter et sans les lire. Il ne le savait pas encore, mais il serait plus heureux sans elle. Et cette vérité-là lui brisa le cœur.

19.

Le lendemain matin, Marnie se réveilla au son des klaxons, dans son ancienne chambre, chez sa mère. Dans ce décor familier, les larmes lui montèrent aux yeux. Son cœur était trop lourd, son âme était trop vide. Le moment qu'elle avait tant craint était arrivé. Son passé avait gâché son avenir.

Elle avait perdu l'homme et l'enfant qu'elle aimait. Elle n'avait pas économisé assez d'argent pour monter son agence. Aucun de ses rêves n'avait plus de fondement. L'avenir ne lui réservait plus rien. Elle passerait à travers la vie comme un fantôme.

Sa mère toqua à la porte et entra avec une théière sur un plateau. Marnie ne prit pas la peine de s'asseoir.

— Ah, tu vas passer la journée à t'apitoyer sur ton sort ?

Judy déposa le plateau sur le lit et s'assit près d'elle.

— C'est l'hôpital qui se fout de la charité, riposta Marnie.

Judy fit claquer sa langue.

— Je t'avais prévenue, Marnie. Les hommes riches n'apportent que des problèmes. Mais non, tu as préféré le suivre en Écosse et à Paris ! Il t'a fait tourner la tête avec son argent et tu as cru que tu avais trouvé l'amour.

— Je n'ai rien *cru* du tout, maman.

— Bien sûr. En trois mois, tu es tombée amoureuse d'un type à des années-lumière de ton monde, alors que vous n'avez sûrement rien en commun. Logique. Crédible.

Piquée au vif, mécontente de la réflexion de sa mère sur Danny, Marnie se redressa et la foudroya du regard.

— L'argent n'a rien à voir avec tout ça. J'ai gardé la plus

grande partie de mon salaire, j'avais un plan de secours. Mais je n'ai pas foncé tête baissée dans cette relation. Tu crois que je fais confiance aux hommes facilement ? Non. Je t'ai écoutée. J'ai été prudente. Mais je l'aime, et il m'aimait aussi.

Les mots lui brûlèrent la langue. Elle avait eu si peu de temps avec lui, si peu de temps pour lui dire combien elle le chérissait. Elle n'avait même pas perdu Danny, car elle ne l'avait jamais réellement eu : leur amour avait toujours été impossible, inatteignable. Elle n'avait pas besoin que sa mère le lui rappelle. Depuis dix ans, elle avait accepté que ses rêves lui glissent en permanence entre les doigts. Elle avait constamment fait taire ses espoirs. N'était-ce pas suffisant ?

— Je suis toujours prudente. Pas de rêves, pas de risque. C'est ce que tu m'as appris.

— Je ne t'ai jamais dit de ne pas rêver !

— Tu ne m'as jamais encouragée à rêver non plus. Et ne me dis pas que ce n'est pas la même chose ! s'exclama-t-elle avant que Judy ne puisse l'interrompre. Peut-être que rester dans l'ombre m'a protégée, mais c'est aussi à cause de cela que je stagne, maman.

— Tu ne stagnes pas ! Tu progresses sans arrêt. Tu as eu ton diplôme, tu as décroché un très bon travail. Tu as un plan de carrière, des projets, des idées.

Un plan, oui. Mais pas une vie véritable. Pas de sentiments, de sensations, ni cette liberté incroyable qu'elle avait ressentie à Paris et en Écosse. Pas le bonheur qu'elle avait entr'aperçu avec Danny. Le chagrin la déchira brutalement, comme un cataclysme, et un torrent sauvage et brûlant se déversa en elle. Soudain, à la place de cette terreur qui l'avait paralysée pendant des années, un courage titanesque surgit en elle, forgé dans le brasier de son deuil, et lui insuffla une énergie insoupçonnée – une énergie *vitale*.

Sa mère serra sa main dans la sienne avant de quitter sa chambre. Marnie ferma les yeux. Avant Danny, elle avait toujours courbé l'échine. N'était-ce pas ce que ses expériences et celles de Judy lui avaient appris ? Que les projecteurs et les regards étaient leurs ennemis ? *Pour vivre heureuses, vivons cachées.* Judy avait noyé sa haine de la haute société au fond d'une bouteille. Une fois délivrée par le divorce, elle avait arrêté de boire. Elle avait inculqué à sa fille la peur, la méfiance et la passivité. Mais était-ce vraiment sa seule option ? Avait-elle fait une erreur en choisissant de fuir plutôt que de combattre ?

Mary Poppins, de son vrai nom Mary Grant, arriva le soir suivant et prit la situation en main avec diligence. Elle s'était déjà installée dans la chambre de Marnie…

Il pressa ses poings sur ses paupières closes. Même son prénom le faisait souffrir.

Comment avait-elle pu partir sans lui dire au revoir ?

Non – il était injuste. Bien sûr qu'elle avait fui. Il ne lui avait pas laissé le choix. Il avait insisté pour qu'elle révèle un secret qui la torturait, dont elle avait honte, dont elle avait peur. Il ne méritait pas d'au revoir.

Les jours passèrent comme un vertige. Il allait au travail, mais les mots et les dossiers s'enchaînaient sans logique, la peine et l'épuisement obscurcissaient son jugement. Et Marnie, Marnie, Marnie hantait son esprit sans répit.

Il souffrait autant pour elle que pour lui-même. Ensemble, ils avaient vécu quelque chose d'incomparable, et sa perte l'avait laissé vide, engourdi de douleur. Mais Marnie avait tellement souffert auparavant. Elle avait déjà perdu tant de choses. Ses blessures lui brisaient le cœur.

Il avait envisagé d'aller la chercher, de la supplier, de la rassurer. Mais c'était impossible, et c'était cruel. S'il parvenait à la convaincre de raconter son histoire, il lui retirait une liberté précieuse. Marnie seule devait prendre sa décision. Quand elle avait quitté l'appartement sans se retourner, elle avait fait son choix ; et il devait l'accepter.

Il attrapa son portable et chercha le nom de Nick.

— Danny Manelli me passe un coup de fil pendant ses heures de travail ? La fin du monde est proche.

— Bonjour à toi aussi, Nick.

— Qu'est-ce que je peux faire pour toi ?

— J'ai besoin de faire une pause. Partir en vacances avec Rex dans un endroit tranquille.

— Pas étonnant. Tu travailles trop, Danny, et ces derniers mois n'ont pas été faciles. Tu te vois plutôt dans un chalet à la montagne, ou sur une île ? Comme nous sommes en octobre, tu n'auras pas de touristes.

— À la plage, c'est bien.

— Je te recommande la villa dans les Keys de Floride, alors. Il y a même un bateau de pêche.

— Ce serait parfait.

— Donne-moi deux heures pour faire préparer le jet et prévenir l'équipe en Floride. Je compte aussi Marnie ?

La question claqua comme une gifle. Personne ne savait encore que Marnie était partie. Marnie était partie, et il allait devoir vivre sans elle. Il ne voulait qu'une chose, c'était fuir son souvenir – l'appartement où elle avait laissé sa trace.

— Danny ? Tu penses rester combien de temps ?

Il déglutit douloureusement. Il était si fatigué. Fatigué du cirque qu'était devenue sa vie depuis que Mark y avait fait irruption. Son travail n'avait pas suffi à le sauver. L'amour n'avait pas réussi à le sauver.

— Je ne sais pas. Pour toujours ? On verra.

Il voulait partir avec son fils, tout laisser derrière lui, et ne plus jamais penser à Marnie Olsen.

L'agence envoya Marnie travailler pour une petite famille discrète. Elle gardait des jumelles dont le père était banquier et la mère pédiatre. Un élan de fierté lui arracha un sourire quand le Dr Sponsky la félicita : elle était la première nourrice à ne pas avoir besoin de ses conseils.

Le travail était agréable et gratifiant. Le salaire n'était pas aussi élevé que chez un héritier Hinton, bien sûr, et les Sponsky habitaient tout près de Park Avenue, mais peu importait, puisqu'elle avait entendu dire que les Manelli avaient déménagé.

Début décembre, huit semaines après avoir perdu Danny, elle était de nouveau dans le parc où Rex, Canaille et elle s'étaient promenés tous les jours. Mais cette fois, elle bavardait avec ses adorables jumelles, Sandra et Sheila, deux bébés d'à peine neuf mois, encore incapables de parler, très différentes de Rex…

Non, elle ne pouvait pas penser à Rex. Il était différent des enfants de tous ses autres emplois. Elle l'aimait comme son propre fils. Si elle se laissait aller à la sensation de manque et à la souffrance, elle ne contrôlerait plus rien. Elle se briserait à nouveau.

Elle emmitoufla Sandra dans sa couverture, puis s'assit sur le banc, tout près des petites filles. La journée était fraîche et ensoleillée, et sur le chemin s'éparpillaient les dernières feuilles de l'année. Elle ne voulait plus jamais penser aux Hinton. Elle avait trouvé un minuscule studio, pas trop loin du centre-ville. D'ici à quelques mois, elle aurait économisé assez d'argent pour payer la caution et le premier loyer. Maintenant qu'elle avait compris combien les opinions de sa mère avaient influencé sa vie, elle préférait avoir son propre espace. Elle ne lui en voulait pas ; mais elle avait besoin de découvrir qui elle était vraiment.

— Je vois que vous êtes de retour.

Elle sursauta et leva les yeux sur… son père. Pour l'amour du ciel ! Elle ne l'avait jamais recroisé depuis que Danny l'avait envoyé sur les roses. Pourquoi maintenant ?

— Et avec des jumelles, cette fois ? ricana-t-il. Vous changez de poste comme je change de dessous.

Quel imbécile. Comment avait-elle pu avoir peur d'un homme aussi petit et aussi mesquin ? Elle se leva d'un bond sous le regard curieux des jumelles.

— Tu sais quoi, vieux fou ? Tu devrais y réfléchir à deux fois avant de rire de moi. Tu es en partie responsable de mon existence, après tout.

Il abaissa lentement son journal.

— Et comment ça ?

— Parce que tu es mon père. Tu m'as abandonnée il y a des

années. Tu as refusé de me voir quand j'ai essayé de reprendre contact. Et je suis devenue ce que je suis toute seule, sans ton aide. Alors descends de tes grands chevaux et regarde-toi en face avant de me juger.

— Marnie ? souffla-t-il, les yeux écarquillés.

Elle le toisait avec défi, le menton haut. Il posa son journal et se leva à son tour, abasourdi.

— Oh ! mon Dieu… Je… Je ne sais pas quoi dire.

Elle tourna les talons et attrapa le guidon de la poussette double. Elle n'était pas intéressée par ses excuses.

— Il n'y a rien à dire. Je ne me serais jamais présentée si tu ne m'avais pas continuellement rabaissée. Je ne veux pas de toi dans ma vie. Je veux juste que tu me laisses tranquille quand je viens au parc. Alors la prochaine fois, sois gentil, et garde tes distances.

Elle le planta là, bouche bée, et partit sans se retourner. Sur le chemin de la maison, un petit rire extatique lui chatouilla la gorge. Elle se sentait soudain si puissante ! Elle lui avait tenu tête. Mieux encore, elle lui avait dit qui elle était. Elle avait été abandonnée, piétinée, maltraitée toute sa vie. Et elle était tout de même rongée de honte ? Pourquoi donc ? Elle n'était pas coupable. Elle n'avait rien à cacher.

Son souffle s'accéléra. Danny avait raison.

Danny avait si souvent raison…

Les larmes lui montèrent aux yeux, mais elle rit à travers leur voile. Il avait fallu pourfendre son premier démon avant de comprendre ce que Danny lui avait si souvent répété. Elle ne pouvait être heureuse si elle ne se délestait pas de son secret. Elle voulait en finir. Elle voulait vivre, enfin vivre, sans fardeau. Elle attrapa son téléphone et pressa le numéro.

— Allô ! Marnie Olsen à l'appareil. Pourrais-je être mise en relation avec Jace MacDonald, s'il vous plaît ?

20.

Marnie traversa le hall vitré de Lancaster Media, la tête haute, le cœur battant à tout rompre. Jace la suivait de près – pas comme garde du corps, mais comme ami.

Une réceptionniste les mena dans une pièce décorée comme un petit salon. Un producteur à la pointe de la mode attacha un micro à son col, puis s'éclipsa.

Quelques minutes plus tard, Angelica Cabala les rejoignit. Rousse, grande et fine, elle avait ses notes dans une main, et lui tendit l'autre pour la saluer.

— Prête ?

— Plus que jamais.

Angelica hocha la tête puis se tourna vers la caméra.

— Nous sommes de retour, annonça-t-elle, en transition avec la publicité qui serait insérée au montage. Aujourd'hui, nous accueillons une invitée très spéciale. Marnie Olsen est l'ancienne nourrice de Rex, le fils de Danny Manelli. Bien sûr, vous savez tous que Danny est le troisième héritier disparu de Mark Hinton. Marnie, bienvenue !

La caméra pivota vers Marnie. Ses veines se glacèrent, son estomac se retourna, mais elle s'accrocha au souvenir de Danny. Elle avait fui trop longtemps ; elle l'avait laissé souffrir pour elle. Elle inspira profondément.

— Merci.

Angelica agita ses mains délicatement manucurées.

— Entrons tout de suite dans le vif du sujet, Marnie. Vous m'avez contactée pour me confier que vous et Danny aviez entretenu une relation intime, et que vous aviez une histoire à rendre publique ?

Jace lui avait conseillé de mettre en avant sa liaison avec Danny. Évidemment, la journaliste avait sauté sur l'occasion.

— Commençons par la question que tout le monde se pose. Sérieusement ? La nourrice et le riche père célibataire ? C'est un peu cliché, non ?

Danny lui avait dit la même chose, des mois auparavant – avec ce grand sourire qui lui manquait tant, et son regard si tendre… Elle secoua la tête avec un petit rire.

— Oh ! nous en étions très conscients. Mais Danny n'est pas un stéréotype. Sa vie a été complètement bouleversée par les révélations de Mark Hinton.

— Bouleversé de se découvrir milliardaire ? railla Angelica en arquant un sourcil élégant.

— Leni, Danny et Charlotte avaient tous des projets, une vie, une famille. De l'extérieur, tout le monde voit l'immense avantage de leur nouvelle fortune. Mais il y a des revers.

— Désolée, mais je ne vais pas les plaindre.

Marnie fronça les sourcils, piquée au vif.

— Vous savez que ce n'est pas ce que j'ai voulu dire. Imaginez seulement : vous n'avez pas été catapultée dans ce studio du jour au lendemain, n'est-ce pas ?

— Non, rétorqua Angelica, visiblement irritée, mais j'ai travaillé dur pour y arriver.

— Bien sûr. *Et* vous avez eu des années pour vous habituer à votre environnement.

— Certes.

— Mais pas les héritiers Hinton. Ils n'ont pas eu le choix : ils ont dû laisser leur ancienne vie derrière eux. Depuis qu'ils connaissent leur père biologique, la presse les suit partout. Chaque détail de leur vie est scruté, disséqué.

— Et qu'en est-il de vous, dans tout cela ? s'enquit Angelica en se penchant en avant, l'œil alerte.

— Moi ? Je n'avais jamais travaillé pour quelqu'un d'aussi

riche. Quelqu'un dont les affaires privées sont des affaires publiques.

Elle regarda la caméra bien en face.

— Et j'ai fait des erreurs, déclara-t-elle sans ciller.

— Des erreurs ? susurra Angelica.

Marnie inspira lentement, doucement. C'était maintenant ou jamais. Elle ne pouvait pas supporter d'avoir fait du mal à Danny ; pas supporter de vivre un jour de plus dans la peur.

— À cause d'un prédateur sexuel, j'ai changé de nom et j'ai fui mon passé.

Angelica haussa les sourcils mais la laissa poursuivre sans l'interrompre.

— Quelqu'un a pris des photos de moi dans une… position compromettante…

Elle s'interrompit, secoua la tête.

— Non. Pas besoin d'euphémisme. Il a pris des photos de moi quand j'étais nue, endormie, et vulnérable. Il a profité de moi. Mais quand ma mère a appelé les autorités, c'est moi qui ai été jugée, harcelée, et insultée. Je n'ai pas fui à cause des photos : la police a demandé à mon agresseur de les supprimer, et je pense qu'il l'a fait. En dix ans, je n'ai eu aucune preuve du contraire. Si j'ai changé mon nom, c'est à cause du harcèlement qui a suivi.

Angelica ne répliquait toujours pas, non plus par professionnalisme, mais parce qu'elle semblait stupéfaite.

— Je suis là aujourd'hui car je veux cesser de fuir. Je veux cesser de me cacher. Si les photos réapparaissent parce que j'ose être la compagne d'un des hommes les plus riches de la planète… alors très bien. C'est la vie.

Elle jeta un œil sur Jace et lui sourit.

— Un de mes bons amis m'a rappelé que je n'étais pas seule à faire face à de telles violences, et que je pouvais donner une voix à ceux qui n'en ont pas la possibilité.

— Et c'est admirable, déclara Angelica en posant ses notes. C'est puissant.

— Pas vraiment. C'est juste la vérité.

— Vous parlez des autres victimes. Pensez-vous être une défenseure de leurs droits, la tête de proue d'un mouvement qui les aiderait à se manifester à leur tour ?

— Non. Chacun doit avoir le droit de composer avec son traumatisme comme il ou elle le souhaite. Je suis simplement fatiguée de vivre dans l'angoisse. Et c'est ce que je souhaite à tous les autres : qu'ils ou elles se libèrent de leur peur.

— Encore une fois, une déclaration puissante, répondit Angelica avant de serrer sa main dans la sienne. Merci, Marnie, d'être venue nous voir aujourd'hui.

— Merci de m'avoir laissée raconter mon histoire.

— Nous n'avons plus de temps, mais j'adorerais vous revoir pour un autre entretien. Parler de votre vie avec Danny Manelli, apprendre à connaître le monde des Hinton ?

Marnie rit. La plus délicieuse des euphories montait en elle, légère et scintillante comme une bulle de champagne. Elle était libre, enfin *libre*.

— Merci, mais non merci, dit-elle dans un sourire.

De toute façon, elle n'appartenait plus au monde des Hinton. Elle avait abandonné Danny par lâcheté, et elle avait exposé sa famille à une nouvelle vague médiatique. Elle n'en dirait pas plus. Cette fois, elle ne gardait pas de secret : elle était simplement discrète. La différence entre les deux ? Elle était enfin en paix avec elle-même.

Quand le réalisateur cria « coupez ! », Angelica s'avança vers elle.

— Je suis sérieuse. Si vous voulez parler… je suis là.

Marnie lui sourit et la remercia encore une fois avant de partir, Jace à ses côtés.

Le jour de la diffusion, Shirley lui annonça que les Sponsky l'avaient renvoyée. Personne ne voulait engager une célébrité. Shirley la rassura : sa notoriété s'évaporerait vite et elle gardait sa place à l'agence.

Mais elle avait encore perdu une bonne place. Et beaucoup de parents refuseraient de travailler avec elle, pendant les prochaines semaines. Son profond soulagement se teinta de réalisme. Oui, elle s'était libérée de son secret. Mais sa célébrité éphémère allait rendre sa vie très difficile.

Deux semaines plus tard, elle était toujours sans emploi. Plusieurs familles avaient refusé de l'engager. L'excitation avait bel et bien disparu : son moral était au plus bas.

— Ça va passer, Marnie, lui promit sa mère ce soir-là, assise au bord de son lit.

— Je vais bien, ne t'inquiète pas…

— Tu vas toujours « bien », railla Judy.

— J'avais économisé pour un appartement près d'ici, mais je crois que je vais devoir déménager. Recommencer ailleurs.

— C'est peut-être une bonne idée…

Sa mère se releva sans croiser son regard. Dans sa voix, Marnie décelait ses remords. Elle attrapa sa main.

— Maman, ce n'est pas ta faute.

— C'est gentil, mais si. En grande partie.

— Tu sais quoi ? Laissons toute cette histoire dans le passé. C'est sa place, après tout. Je veux avancer avec toi.

— Ce n'est pas une mauvaise idée.

Elles se sourirent. Leur silence, enfin, était plein d'une nouvelle complicité. Marnie avait perdu son père, son frère, son travail, Danny et Rex. Elle n'avait pas l'intention de perdre sa mère aussi. Elles s'étaient peut-être blessées mutuellement ; mais elles pouvaient guérir ensemble.

Après une nuit agitée, des coups à la porte d'entrée réveillèrent Marnie en sursaut. Elle attendit que sa mère aille ouvrir, mais rien ne bougeait dans l'appartement. Dehors, on frappait toujours. Avec un grognement, elle enfila son peignoir et courut vers l'entrée.

— J'arrive, j'arrive ! s'écria-t-elle.

Elle ouvrit la porte à la volée, et derrière l'attendait… Danny Manelli.

— Oh. Danny, souffla-t-elle.

— Bonjour.

Son cœur s'envola. Elle n'en croyait pas ses yeux. Danny, chez elle, et ce sourire qui lui avait tant manqué…

— Est-ce que je peux entrer ?

Elle jeta un coup d'œil par-dessus son épaule au petit appartement modeste que sa mère et elle peinaient à louer. Mais elle s'était promis de ne plus jamais fuir, pas vrai ?

— Bien sûr. Je t'en prie.

Il la suivit dans le salon. Il était absolument sublime avec son pardessus camel, ses gants de cuir serrés dans sa main, les cheveux piquetés de neige.

— Tu manques beaucoup à Rex.

— Il me manque aussi.

Elle sourit, les yeux brûlants de larmes. Elle ne passait pas une heure sans songer au petit garçon, à l'amour qu'il lui avait offert, à l'amour qu'elle aurait aimé lui donner sans cesse.

— Je peux t'offrir à boire ?

— Non. Je n'en ai pas pour longtemps.

Était-il venu lui reprocher d'être partie ? Elle méritait sa colère, mais elle n'était pas sûre de pouvoir l'affronter.

— J'ai vu l'interview, Marnie.

— Je suis désolée, Danny. Parler de notre relation était la meilleure façon d'attirer l'attention de la journaliste. Je n'ai pas réfléchi aux conséquences. Je voulais tout avouer et en finir. J'avais mal et j'ai été égoïste.

— Quoi ? Non, ce n'est pas… Ce n'est pas grave, Marnie. C'était la chose la plus courageuse que j'ai jamais vue. Et je suis si heureux que tu ne l'aies pas fait pour moi. C'était ton choix. Seulement… Tu as laissé entendre que tu avais peut-être encore des sentiments pour moi. Je crois.

— Bien sûr.

En doutait-il ?

— Quand tu m'as dit que tu m'aimais, c'était la vérité ?

— Évidemment.

— Pourquoi es-tu partie sans un mot, alors ?

— Je voulais te protéger. De moi. De mes erreurs.

Le silence s'étira, rendu brûlant par l'intensité de son regard sombre. Elle reprit la parole la première :

— Comment va la vie en Floride ?

— Elle n'a pas beaucoup de sens sans toi.

Piégée dans les profondeurs de ses prunelles, elle retint son souffle, le cœur battant. Sur ses lèvres tremblaient mille prières inavouées.

— Je ne peux pas non plus retourner en Écosse ou à Paris, à moins que tu ne viennes avec moi.

Elle rit doucement et secoua la tête.

— Oh ! ça ne devrait pas être un problème. Je suis libre comme l'air. Plus personne ne veut m'employer.

— Je ne veux pas t'employer non plus.

Elle cligna des yeux, la gorge nouée.

— Non ?

— Non. Mais j'aimerais beaucoup t'épouser.

Impossible. Avait-il vraiment prononcé des mots dont elle n'avait même pas le droit de rêver ? Cette fois, elle pressa sa main sur sa bouche pour retenir une exclamation étranglée.

— Je suis sérieux, Marnie.

Il ouvrit les bras, les lèvres incurvées sur son sourire si adorable.

— Viens. S'il te plaît. Je t'aime.

Elle se jeta contre lui et l'étreignit avec ferveur.

— Je t'aime aussi. Trop fort, trop vite, depuis le début.

— Jamais assez fort, dit-il taquin avant de l'embrasser, encore et encore.

Lorsqu'il rompit le baiser, elle resta lovée dans ses bras.

— Alors tu veux m'emmener en Floride ?

— Seulement si tu en as envie aussi. J'y travaille déjà. Beaucoup de testaments, de transferts de propriétés et de contrats avec des hommes d'affaires qui ont les mêmes envies que moi : vivre en paix, vivre heureux, et aller se baigner le week-end. Rex et moi aimons beaucoup notre maison, là-bas.

— Le soleil, la mer, avec toi et Rex ? Je crois que je pourrais m'y faire sans problème.

— Et nous pourrions nous marier en Écosse ?
Elle rit et déposa un baiser sur ses lèvres.
— Oui, oui, un autre mariage en Écosse. L'été prochain ?
— Parfait, dit-il souriant.
— Mais seulement si tu mets un kilt.

L'éclat de rire de Danny résonna dans son cœur longtemps après qu'ils eurent quitté l'appartement pour prendre l'avion. Installée dans le confortable fauteuil de cuir, la main chaude de Danny dans la sienne, elle ferma les yeux avec un sourire aux lèvres. C'était sa vie, maintenant. Sans peur. Sans secret. Et emplie d'amour.

Épilogue

Malgré la neige épaisse qui tombait sur Mannington, Kansas, à la veille de Noël, le jet Hinton atterrit sans encombre. Marnie emmitoufla Rex bien chaudement, et Danny attrapa la laisse de Canaille, qui avait presque doublé de volume ; puis, ils sortirent ensemble dans le soir scintillant d'étoiles et de flocons immaculés.

Un paradis de Noël.

La limousine les attendait à quelques pas. Marnie attacha Rex dans son siège auto, puis se glissa entre lui et Danny.

— Nerveuse ? demanda-t-il.

— De revoir ta famille au complet ? dit-elle souriante en frottant frileusement ses mains gantées. Non. Pour qui tu me prends ? J'ai dompté pire que six couples un peu trop bruyants.

— Mon héroïne, railla-t-il en attrapant sa main.

— Arrête de te moquer !

Impossible : il ne se lasserait jamais de l'entendre rire. Il avait aimé son sourire dès la première seconde, et il s'était promis de le voir aussi souvent que possible.

La limousine les arrêta devant l'immense maison que Leni et Nick avaient fait construire. Ils coururent ensemble sous la neige jusqu'au perron, Rex dans les bras de Danny, Canaille sur leurs talons. Et lorsqu'ils poussèrent la porte, une clameur les accueillit :

— Joyeux Noël !

— Joyeux Noël, répondit Danny tout sourire, en retirant le petit bonnet de Rex, pendant que sa famille entière se rassemblait autour d'eux, bavardant à qui mieux mieux.

Quelqu'un lui vola Rex avant même qu'il ne lui enlève sa doudoune (« il est si mignon ! ») ; des bras solides l'étreignirent de part et d'autre, pendant que sa mère serrait Marnie contre son cœur, et que Canaille bondissait de jambes en jambes. Tout le monde était là : Jace et Charlotte, le ventre arrondi et le visage radieux ; Penny, Mark, ses parents adoptifs, ceux de Leni, les parents de Nick… Et lui et Marnie. Enfin réunis.

Comme s'il avait lu dans son esprit, Mark lui tapa chaleureusement l'épaule et lui glissa :

— Merci d'être venu, mon fils.

Et pour la première fois, entendre Mark l'appeler ainsi lui sembla… naturel. Marnie lui avait appris une leçon importante : profiter des bonheurs simples de la vie. Voir le bien avant de voir le mal. Accepter le passé, profiter du présent et rêver de l'avenir.

Marnie avait enlevé son manteau et mordait à belles dents dans un cookie préparé par Leni ; avec elle, ses deux sœurs riaient à gorge déployée. Cette réunion, où tout le monde avait sa place, où tout le monde était heureux… C'était sans doute pour cela que Mark avait tant lutté, ces derniers mois. Il avait voulu devenir un père pour ses enfants et profiter de la famille dont il avait toujours rêvé.

— Je n'aurais pas manqué la fête de Nick et Leni, papa.

Quand il tourna la tête vers Mark, son père avait les yeux remplis de larmes.

— Et c'est le plus beau cadeau de Noël de ma vie.

Danny étreignit son épaule. Il avait la gorge un peu nouée, lui aussi. Il secoua la tête et lui adressa un sourire taquin.

— Oh ? Alors je peux garder la montre que je t'ai achetée ?

— Pff. J'en ai au moins cinquante.

Danny éclata de rire. Ils rejoignirent ensemble l'espace cuisine, où tout le monde s'était rassemblé autour des plateaux de biscuits et des petits-fours faits maison. Un énorme sapin de Noël clignotait près d'une cheminée illuminée, et un tourne-disque passait des chants de saison. Pendant que Nick débouchait une bouteille de vin, que Penny dansait avec Rex, et que

Jace racontait une anecdote abracadabrante sur une célébrité en quête d'un cadeau de Noël tardif, Danny rejoignit Marnie près du plan de travail et l'enlaça tendrement.

— Bienvenue dans le reste de ta vie.

Elle rit doucement et se serra contre lui.

— Je crois que je n'aurais pas pu imaginer mieux.

Vous avez aimé *Ce patron si secret* ?
Retrouvez en numérique l'intégrale de votre série
« Les milliardaires de Manhattan » de Susan Meier :

1. *L'héritière du Kansas*
2. *Séduite par son garde du corps*
3. *Ce patron si secret*

Retrouvez prochainement,
dans votre collection

AZUR

Des adieux au prince, de Kim Lawrence - N°4378

Un coup de foudre, un mariage éclair... Tout se passe trop vite entre Béatrice et Dante Velasquez, prince héritier de San Macizo. Incapable de s'habituer à l'atmosphère guindée et vénéneuse du palais royal et de donner à Dante un héritier, Béatrice quitte le royaume, désespérée. Mais, lorsque quelques mois plus tard Dante réapparaît dans sa vie, elle décide de s'offrir, dans les bras de son époux, une dernière nuit d'adieux. Une étreinte passionnée aux tendres conséquences...

Délicieuse rédemption, de Jackie Ashenden- N°4379

Issu d'une famille de malfrats, Vincenzo de Santi consacre sa vie à racheter les crimes des siens. Rien ni personne n'échappe à sa quête de justice, ce qui lui vaut d'être l'ennemi numéro un des malfaiteurs. C'est donc avec stupeur qu'il voit débarquer chez lui Lucy Armstrong, un génie des chiffres devenue experte dans le blanchiment d'argent. Loin de le craindre, la jeune femme a l'audace de lui proposer un marché. S'il accepte de lui offrir la protection dont elle a besoin pour échapper à son clan, elle l'aidera à faire tomber son propre père – l'homme que Vincenzo considère comme son plus grand adversaire...

**Séduite par Emiliano Delgado,
de Michelle Smart - N°4380**

Beau, puissant, séducteur... le champion de polo Emiliano Delgado fait tourner la tête de Becky. Toutefois, parce qu'elle travaille pour le play-boy argentin, elle doit garder ses émotions sous contrôle. Mais la chair est faible et, à l'occasion d'un séjour dans la principauté de Monte Cleure, Becky finit par céder à la passion entre les bras de son patron. Un moment de folie qui se révèle bientôt porteur de conséquences. Enceinte d'Emiliano, Becky se voit en effet proposer... de l'épouser !

Une innocente au palais, de Dani Collins - N°4381

« C'est mon bébé ! » Ce cri du cœur, Hannah ne peut le retenir face au cheikh Akin Sarraf. Le prince, qu'elle rencontre pour la première fois, est en effet venu lui annoncer que l'enfant qu'elle porte est l'héritier secret de la famille royale de Baaqi ! Alors qu'Akin exige qu'elle le suive dans son pays pour l'épouser, Hannah chancelle. Car elle sait déjà qu'elle ne pourra s'opposer à cet homme puissant sans prendre le risque de perdre le petit être qu'elle aime déjà plus que tout...

Le secret d'un mariage grec, de Lynne Graham - N°4382

Tansy ne se fait aucune illusion : son mariage avec Jude Alexandris sera de pure convenance, une union platonique. Comment pourrait-il en être autrement, alors qu'elle n'a jamais rencontré l'homme d'affaires grec ? Aussi est-elle la première surprise quand, sitôt qu'elle pose les yeux sur son promis, les émotions déferlent en elle. Plus fou encore, lorsque Jude déclare vouloir partager sa chambre avec elle, Tansy est gagnée par le désir... Or, à mesure qu'elle se prend à espérer s'engager dans un véritable mariage, son inquiétude grandit : bientôt, Jude découvrira ce tendre secret qu'elle lui a caché. Et alors, il sera furieux contre elle...

La tentation d'une assistante, de Nina Milne - N°4383

Terriblement sexy dans son costume taillé sur mesure, Ben Gardiner dégage une aura de puissance qui ne laisse pas Sarah indifférente. Or, elle n'a pas le droit d'éprouver une telle attirance pour son patron ! Ce poste d'assistante personnelle, qui l'a tirée de l'ornière, lui est bien trop précieux pour assurer une vie sereine à sa fille chérie. Pourtant, à l'occasion d'un voyage à Milan, happée par le monde glamour qu'elle découvre auprès de Ben, Sarah voit ses résolutions vaciller...

Un bébé à Bollywood, de Tara Pammi - N°4384

SÉRIE : *PASSION À BOLLYWOOD* - 2/2

Un vent de scandale souffle sur Bollywood, alors que les gros titres des journaux prêtent à l'actrice Zara Khan une liaison avec un homme marié ! Agacée d'être l'objet de ces odieuses rumeurs, Zara décide de prendre les choses en main... en s'affichant avec Virat Raawal. Le talentueux réalisateur, connu pour ses frasques sentimentales et son caractère indomptable, détournera l'attention des paparazzis sur leur couple sulfureux, elle en est sûre ! Hélas, malgré ses résolutions pour garder le contrôle de la situation, Zara se laisse prendre au jeu et succombe à la tentation dans les bras de Virat. Et, bientôt, elle se découvre enceinte...

Union royale à Idylla, de Caitlin Crews - N°4385

SÉRIE : *LA COURONNE DE LA PASSION* - 1/2

Roi d'Idylla, Orion s'est promis de faire tout ce qui était en son pouvoir pour restaurer la paix dans son pays. Or, aujourd'hui, le voilà contraint de prendre reine pour assurer sa descendance. Lady Calista Skyros, la femme qui lui est promise depuis toujours, ne correspond malheureusement pas à l'épouse idéale. Dotée d'un esprit rebelle, elle est auréolée de scandale. Pire, en raison du désir irrépressible qu'elle lui inspire, Calista pourrait bien lui faire perdre la raison, alors même qu'Orion s'efforce d'être auprès de son peuple un monarque irréprochable...

Les amants de l'oasis, d'Abby Green - N°4386

SÉRIE : *LA DYNASTIE MARCHETTI* - 3/3

La princesse Liyah est prête à tout pour épargner à sa sœur des noces arrangées – et même à prendre sa place devant l'autel ! Mais, au moment où Sharif Marchetti, son nouvel époux, lève son voile de mariée afin de la découvrir pour la toute première fois, tous deux tombent des nues… Loin d'être des inconnus l'un pour l'autre, Liyah et Sharif ont partagé la veille une nuit de passion, dans une oasis perdue en plein désert. Or Liyah le comprend aussitôt au regard furieux que lui jette Sharif : son tendre amant a laissé la place à un cheikh implacable…

Les vœux d'une épouse, de Lucy Monroe - N°4387

Voilà cinq ans que Polly est mariée au milliardaire Alexandros Kristalakis. Durant toute cette période, elle a redoublé d'efforts pour endosser son rôle d'épouse et se mouler dans la bonne société grecque à laquelle elle était totalement étrangère. Bridant ses élans naturels et adoptant une garde-robe de circonstance, elle est devenue aussi docile que présentable. Du moins en apparence. Dans la chambre à coucher, Polly s'autorise à être elle-même et à exprimer les émotions que son époux éveille en elle, malgré tout. Jusqu'au jour où, enceinte de leur deuxième enfant, elle pose un ultimatum à Alexandros. S'il veut sauver leur mariage, il devra renoncer à la femme trophée dans laquelle elle ne se reconnaît plus…

Fiançailles à haut risque,
de Maisey Yates - N°4388

Victoria a commis une erreur, douze ans plus tôt, et, par sa faute, son père a été conduit à la ruine. Depuis, une oppressante culpabilité l'étreint… Cependant, elle a trouvé comment se racheter : elle va convaincre le milliardaire Dmitri Markin de se fiancer avec elle et ainsi reprendre possession de l'entreprise familiale. En échange de ce petit service, elle fera tout son possible pour améliorer son image de séducteur invétéré. Sur le papier, l'idée est brillante. Mais, sous le regard de feu de Dmitri, ancien champion de lutte et homme d'affaires impitoyable, Victoria comprend qu'elle vient peut-être de se jeter dans la gueule du loup…